Série « Brigade Mondaine »

DU MÊME AUTEUR
CHEZ LE MÊME ÉDITEUR

N° 1 : LE MONSTRE D'ORGEVAL
N° 2 : LE CARROUSEL DE LA PLEINE LUNE
N° 3 : L'ABOMINABLE BLOCKHAUS
N° 4 : LES SÉMINAIRES D'AMOUR
N° 5 : LE MARCHÉ AUX ORPHELINES
N° 6 : L'HÉROÏNE EN OR MASSIF
N° 7 : UN CHANTAGE TRÈS SPÉCIAL
N° 8 : LES REQUINS DE L'ÎLE D'AMO
N° 9 : LA CITÉ DES DISPARUS
N° 10 : LE CYGNE DE BANGKOK
N° 11 : LA MANTE RELIGIEUSE
N° 12 : LE JEU DU CAVALIER
N° 13 : LA CROISIÈRE INTERDITE
N° 14 : LE HAREM DE MARRAKECH
N° 15 : LA MAISON DES MAUDITES
N° 16 : LA PERMISSION DE MINUIT
N° 17 : LES CAPRICES DE VANESSA
N° 18 : LA VIPÈRE DES CARAÏBES
N° 19 : LE VOYOU DE MONTPARNASSE
N° 20 : LES FILLES DE MONSEIGNEUR
N° 21 : LA NUIT ARABE DE MONACO
N° 22 : LA FERMIÈRE DU VICOMTE
N° 23 : LA PUNITION DE L'AMBASSADEUR
N° 24 : LA SECTE DES AMAZONES
N° 25 : LES SIRÈNES DE L'AUTOROUTE
N° 26 : LE BOUDDHA VIVANT
N° 27 : LA PLANCHETTE BULGARE
N° 28 : LE PRISONNIER DE BEAUBOURG
N° 29 : LES ESCLAVES DE LA NUIT
N° 30 : LES POUPÉES CHINOISES
N° 31 : LES SACRIFIÉS DU SOLEIL
N° 32 : L'EXÉCUTRICE
N° 33 : LA PRÊTRESSE DU PHARAON
N° 34 : UN CANAL ROSE POUR CIBISTE
N° 35 : LES FANATIQUES DE LA VIDÉO
N° 36 : LES ANGES DE PIGALLE
N° 37 : SOSIES SUR MESURE
N° 38 : LA MARQUE DU TAUREAU
N° 39 : L'ÎLE AUX FEMMES
N° 40 : LA CHÂTELAINE DE L'ORDRE NOIR
N° 41 : LA PRINCESSE DES CATACOMBES
N° 42 : LA DISPARUE DE SUNSET BOULEVARD

N° 43 : LE PARFUM DE LA DAME EN GRIS
N° 44 : LES FEMMES MYGALES DE LA CÔTE D'IVOIRE
N° 45 : LA DANSE DES COUTEAUX
N° 46 : LES AMANTS DE SINGAPOUR
N° 47 : LA VEUVE DU LAC
N° 48 : LES FANTASMES DU NOTABLE
N° 49 : LA BÊTE DU LUBÉRON
N° 50 : CARNAVAL À VENISE
N° 51 : LES NUITS BLANCHES DE LA TOUR EIFFEL
N° 52 : LOVE TÉLÉPHONE
N° 53 : GOLF-PARTY
N° 54 : L'ENFER DU COLLECTIONNEUR
N° 55 : LES SOMNAMBULES DU DOCTEUR MARLY
N° 56 : LES ENVOÛTÉS DU MARABOUT
N° 57 : LA TUEUSE D'HOMMES
N° 58 : LA DIVA DU BOIS DE BOULOGNE
N° 59 : LA FOLIE DE BARBE-BLEUE
N° 60 : LE MANIAQUE DU PARKING
N° 61 : LE BATEAU DES FILLES PERDUES
N° 62 : LE DÉMON DU PEEP-SHOW
N° 63 : LES CHASSEURS DE MIREILLE
N° 64 : LA PLAGE AUX NYMPHES
N° 65 : NUITS DE CHINE
N° 66 : LA FILIÈRE MEXICAINE
N° 67 : LES SECRETS DE MADAME MAUD
N° 68 : LA FEMME MASQUÉE
N° 69 : TRANSPORT DE FILLES
N° 70 : LA SECRÉTAIRE DU PATRON
N° 71 : LA PANTHÈRE DES PALACES
N° 72 : LES PROFANATRICES
N° 73 : LA TENTATION DE CAROLINE
N° 74 : LA LOUVE DES BEAUX QUARTIERS
N° 75 : LES STRIP-TEASEUSES DU PETIT ÉCRAN
N° 76 : LES MAÎTRESSES FEMMES DE SAINT-TROPEZ
N° 77 : LE RODÉO DU PLAISIR
N° 78 : LES PROIES DU COMMANDO
N° 79 : LA FEMME-FAUCON
N° 80 : LA TIREUSE D'ÉLITE
N° 81 : LES VOIX DU DÉSIR
N° 82 : LES TAXIS DE L'AMOUR
N° 83 : L'ALLUMEUSE
N° 84 : MAÎTRE ET ESCLAVE
N° 85 : GIGOLO STORY
N° 86 : LA CAVALIÈRE DE L'APOCALYPSE
N° 87 : LES JEUX DÉFENDUS DE LA PRÉSIDENTE
N° 88 : L'ÉVENTREUR AUX YEUX D'OR
N° 89 : JEUNE FILLE AU PAIR

N° 90 : L'INCONNU DU TRAIN BLEU
N° 91 : LA CALL-GIRL DE MONTRÉAL
N° 92 : LA GRANDE BOURGEOISE
N° 93 : LE PIÈGE ESPAGNOL
N° 94 : CLUB PRIVÉ
N° 95 : LA SORCIÈRE DE POMPÉI
N° 96 : VENGEANCE DE FEMME
N° 97 : LA DEMOISELLE DE PETITE VERTU
N° 98 : LE VAMPIRE DE BOURGOGNE
N° 99 : LA CHIENNE DE LUXE
N° 100 : L'ÉTALON DE SAUMUR
N° 101 : FIANCÉES SUR CATALOGUE
N° 102 : LA SIRÈNE DU LOCH NESS
N° 103 : L'OGRE DE LA BAIE DES ANGES
N° 104 : LES AMANTS MAUDITS
N° 105 : LA VÉNUS DE BELLE-ÎLE
N° 106 : LA BELLE DU CAP D'AGDE
N° 107 : LE JUSTICIER DU BOIS DE BOULOGNE
N° 108 : ÉCHANGE DE FEMMES
N° 109 : LES NOCES INFERNALES
N° 110 : LA VIE CACHÉE DU BANQUIER
N° 111 : L'APPRENTIE SORCIÈRE
N° 112 : DERNIER ROUND À MARSEILLE
N° 113 : LES JARDINS DU PLAISIR
N° 114 : DÉLIT D'INITIÉE
N° 115 : LE GRAND PRÊTRE DES ARDENNES
N° 116 : LES PASSIONS DU COLLECTIONNEUR
N° 117 : LA PAPESSE D'AVIGNON
N° 118 : LES BALLETS ROSES DE SAINT-MALO
N° 119 : LA LETTRE DE L'ENFER
N° 120 : FANTASIA POUR ROCK STAR
N° 121 : L'ENRAGÉE DU CERCLE POLAIRE
N° 122 : LE CLUB DES GIRONDINES
N° 123 : LA POSSÉDÉE DE SÉVILLE
N° 124 : LA REINE DU SCOOP
N° 125 : LE TOUR DE FRANCE DU TUEUR DES PLAGES
N° 126 : LA PUCELLE D'ORLÉANS
N° 127 : LE PARC AUX LOUPS
N° 128 : LA RELIGIEUSE DE BUDAPEST
N° 129 : LES DÉLIRES DE L'INSOMNIAQUE
N° 130 : LA LOLITA DU TGV
N° 131 : LES CHASSES DE LA GRANDE CHARTREUSE
N° 132 : LA DAME DE SHANGHAI
N° 133 : LA LOI DU TALION
N° 134 : LE BON PLAISIR DU ROI
N° 135 : LES NUITS BLANCHES DE SAINT-PÉTERSBOURG
N° 136 : UN CIRQUE D'ENFER

N° 137 : LES FRASQUES DU NOTAIRE
N° 138 : RÉSEAU EXTRA-CONJUGAL
N° 139 : NOTRE-DAME DE CHARTRES
N° 140 : LES FAVORITES DU GRAND TURC
N° 141 : L'ARCHANGE DE FLORENCE
N° 142 : LE FANTÔME DE L'OPÉRA
N° 143 : LA DAME DE COMPAGNIE
N° 144 : LE CHOUCHOU DE LA PROF
N° 145 : SIMPLE DAMES À ROLAND-GARROS
N° 146 : PARFUM DE STAR
N° 147 : DÉRAPAGE EN FORMULE 1
N° 148 : LES CHARMES DU BIZUTAGE
N° 149 : POUPÉES SLAVES SANS VISA
N° 150 : LES CHAÎNES DE LA PASSION
N° 151 : NOBLESSE OBLIGE
N° 152 : L'HOMME EN NOIR
N° 153 : PAQUET-CADEAU POUR GENTLEMEN
N° 154 : DANSEUSES À DOMICILE
N° 155 : LE FAUVE DE L'OMBRE
N° 156 : LA SCANDALEUSE DE LA CROISETTE
N° 157 : LE SAUVAGE DE LA FRANCILIENNE
N° 158 : BACCHANALES POUR UN MUTANT
N° 159 : LE COUP DU PLAGISTE
N° 160 : LE CALVAIRE DE CHARLES-HENRY
N° 161 : LA PIEUVRE DE BIARRITZ
N° 162 : LES DÉBORDEMENTS DE M. LE MAIRE
N° 163 : LE BOUCHER DE LA RUE DES ÉCOLES
N° 164 : LA VIERGE ÉTERNELLE
N° 165 : LE FEU DES ENCHÈRES
N° 166 : LA NURSE DU PROMOTEUR
N° 167 : LA PETITE REINE DU TOUR
N° 168 : LE DÉMON DE MINUIT
N° 169 : LA VESTALE DU TEMPLE LUNAIRE
N° 170 : SECRETS DE FAMILLE
N° 171 : LA DRAG-QUEEN DE WESTMINSTER
N° 172 : LE COMPLOT DES VEUVES
N° 173 : LE PONT DES SOUPIRS
N° 174 : LE BAL DES SORCIÈRES
N° 175 : LES SŒURS DIABOLIQUES
N° 176 : BONS BAISERS DE ROISSY
N° 177 : BAGATELLE POUR PHOTOGRAPHE

MICHEL BRICE

BRIGADE MONDAINE

LA DÉESSE DE KATMANDOU

VAUVENARGUES

Les dossiers Brigade Mondaine de cette collection sont fondés sur des éléments absolument authentiques. Toutefois, pour les révéler au public, nous avons dû modifier les notions de temps et de lieu ainsi que les noms des personnages.

Par conséquent, toute ressemblance avec des personnes existantes ou ayant existé serait totalement involontaire et ne relèverait que du hasard...

ISBN : 2-7443-0069-1

CHAPITRE PREMIER

Au bout d'une petite minute d'un vol hésitant au-dessus des meubles et du lit de la chambre d'hôtel, richement refaite à neuf dans un extravagant mélange de style colonial anglais et maharashthranais[1] local, le gros moustique aux ailes bizarres finit par s'immobiliser à un mètre à l'aplomb de la table basse.

Comme s'il venait enfin de trouver sa proie.

Et s'apprêtait à fondre dessus.

Vieil habitué du monde des tropiques, Jacques Maillet détecta immédiatement le léger vrombissement suraigu des ailes de « l'ennemi héréditaire » de tous ceux qui se risquent dans cette zone du globe où règnent les maladies endémiques dont on ne se remet jamais. Et dont les moustiques sont les principaux vecteurs.

Il lâcha immédiatement la revue érotique achetée en débarquant de l'avion à l'aéroport Sahar de Bombay et dans laquelle il s'était aussitôt plongé à son arrivée ici. Un peu interloqué, à retardement, par ce que la soi-disant puritaine démocratie indienne proposait à sa clientèle. Du moins dans les boutiques d'aéroport…

Puis il leva la main tout doucement, prêt à happer l'insecte d'une brusque détente. Un sourire narquois se dessina peu à peu sur son visage à la fois couperosé et

1. Maharashtra : Etat de l'Union Indienne où se trouve Bombay.

strié de rides profondes surmontant un cou puissant : Jacques Maillet venait de comprendre.

C'étaient les vapeurs d'alcool flottant au-dessus de son verre de double Chivas qui avaient stoppé net le moustique en plein vol.

Jacques Maillet rabaissa sa main et se mit à observer l'insecte, attentif. Oui, celui-ci, littéralement soûlé par les émanations du whisky, hésitait... Il hésita encore une ultime seconde, puis ce fut plus fort que lui : attiré comme par un aimant, il piqua en tourbillonnant et finit par plonger dans l'alcool ambré.

Où il se mit à patauger sans espoir, pris au piège.

En se penchant pour mieux l'examiner, Jacques Maillet abandonna tout à fait sa revue qui glissa sur l'épaisse moquette. La couverture représentait une Indienne entourée de deux blondes nordiques et offertes.

Mais le Français juste débarqué de Delhi avait désormais un autre sujet d'intérêt. D'abord, identifier le moustique. Ce fut vite fait : un moustique des marais, un *anopheles maculipennis* géant. Pour être encore plus précis, du type *stegomyia fasciata indiana*. Typique du sous-continent asiatique. Et spécialement de l'Ouest de l'Inde. Et surtout, triplement plus redoutable que ses congénères d'Afrique ou d'Amérique latine : outre le paludisme celui-ci transmettait la fièvre jaune et la dengue...

Jacques Maillet eut un rictus de contrariété : c'était de sa faute, il l'avait laissé rentrer. A cause de la climatisation poussée à outrance, comme toujours en Inde, il n'avait pas pu s'empêcher d'ouvrir la fenêtre en arrivant.

D'ailleurs, au début, son geste était sans conséquence : les moustiques dangereux n'attaquent que de nuit. Mais à la latitude de Bombay, la nuit tombe vite, et elle l'avait surpris.

Maintenant, c'était l'instant de l'agonie par noyade pour le *maculipennis* de type *indiana*. Ou plutôt pour LA *maculipennis*. Parce que seules les moustiques femelles piquent, pour vous prendre la minuscule gouttelette de sang indispensable à la survie de leurs larves. En vous inoculant au passage toute sorte de parasites qui pullulent sous les tropiques. Et qui ont peu à peu appris à s'immuniser contre la plupart des traitements connus, à la grande inquiétude de l'OMS [1].

En une trentaine de seconde, le moustique était passé de vie à trépas. Ce n'était plus qu'un petit tas recroquevillé flottant dans le whisky. Jacques Maillet saisi le tout entre le pouce et l'index et jeta la dépouille sur la terrasse. Il éteignit toutes les lampes de la chambre, allumant par contre l'éclairage extérieur. Puis il resta là, sur le seuil de la terrasse couverte, fasciné comme chaque fois par la moite atmosphère de la ville immense au dessous de lui.

Bombay… l'énorme et mystérieuse mégapole grouillante de vies misérables côtoyant le luxe… Au loin, l'horizon était encore vaguement rougeoyant du soleil couchant, de partout montaient le tumulte et les concerts d'avertisseurs. Tout un indéfinissable mélange de bruits sourds avec comme un coup de cymbale lointain de temps à autre, autour de lui c'était l'Inde inquiétante et mystérieuse…

Jacques Maillet referma soigneusement la baie vitrée et ralluma tout dans la chambre. Mais il se figea au moment de reprendre son verre de whisky. Saisi d'un brusque sentiment de gêne à la limite du frisson, comme un mauvais présage : d'une certaine façon, c'était un crime qu'il venait de commettre… C'était de sa faute à lui s'il avait permis à ce moustique d'entrer

1. Organisation Mondiale de la Santé.

ici… Et il aurait suffit de le sortir du verre d'une chiquenaude sur la terrasse pour le libérer. Au lieu de cela, sadique, il l'avait regardé mourir.

« Idiot, pensa-t-il. Ce n'est qu'un moustique, et voilà tout… »

Et il lampa son verre cul sec en deux gorgés. Mais au moment de sonner pour se faire rapporter à boire, il s'aperçut que sa gêne intérieure augmentait… C'était à présent comme un sentiment de superstition !

Sa mission, ici, était ultra-délicate et il commençait mal. Ça n'allait pas lui porter bonheur. Surtout avec ce qu'il s'apprêtait à faire dans quelques minutes, pas particulièrement joli-joli…

Seulement c'était plus fort que lui, et bien autrement excitant que même cette scandaleuse couverture de magazine spécial, là, sous ses yeux : la réalisation d'un vieux rêve de baroudeur ayant tout vu et tout expérimenté en matière de sexe. Tellement blasé qu'il ne pouvait plus « fonctionner » que dans des aventures sexuelles hors limites. Comme précisément celle dont l'imminence lui faisait battre le cœur.

Plaquée de boiseries d'ébène rehaussées de frises dorées à l'or fin, sa suite, – quatre pièces en enfilade toutes orientées sur la baie encombrées de cargos rouillés – se trouvait dans la partie ancienne du palace. Celle édifiée au XIXème siècle, au temps de l'Empire, de la *Pax britannica*, du *Raj* [1], dans un style néo-moghol de tourelles surplombées de bulbes et coupoles.

Dans les années soixante ce bâtiment historique, victime de son succès, était devenu trop exigu. On l'avait alors doublé d'une tour impersonnelle et froide,

---

1. On désigne ainsi les deux siècles de colonisation anglaise de l'Inde.

un gratte-ciel genre *Hilton*, construite dans le parc et que Maillet n'appréciait guère.

« Comment ne pas préférer le charme des vestiges de l'Angleterre coloniale » se dit-il en allant se laver les mains dans la salle de bains monumentale, carrelée à l'oriental, surchargée et splendide comme une petite mosquée.

La cinquantaine entamée, Jacques Maillet n'avait rien perdu de sa superbe. Avec son front haut, son menton volontaire et sa chevelure argentée coiffée en arrière, il portait beau et dégageait un air de respectabilité qui plaisait en haut lieu. Un atout certain pour un homme comme lui qui, dans le cadre de ses fonctions de directeur de la mission commerciale de l'Ambassade de France en Inde, tutoyait une bonne dizaine de chefs d'Etat à travers le monde. D'ailleurs à l'Ambassade, on murmurait qu'il incarnait mieux la France que l'ambassadeur lui-même…

Ecartant les rideaux de soie brodée, il appuya son front sur la baie vitrée et laissa son regard errer sur le spectacle grandiose de la ville. A sa gauche il voyait, à la même hauteur que lui, la Gateway of India, la Porte de l'Inde, arc de triomphe du début XXème mais d'un style néo-moghol tarabiscoté qui le faisait croire beaucoup plus ancien. La brume de pollution jaunâtre donnait un aspect vaporeux d'estampe peinte sur ivoire au paysage marin.

A l'horizon le bleu de la mer d'Oman se confondait avec le ciel. Tout ce bleu ! même les nuages de la mousson qui s'accumulaient avec l'heure du thé apparaissaient bleu gris.

Sa journée était finie. L'heure de la détente avait sonné et il sentit son cœur s'accélérer. Si Prem était au rendez-vous, cette soirée de septembre allait être un fête de tous ses sens. Jusqu'ici tout avait bien marché, il avait décroché sa suite préférée au *Taj*. Louée pour un seul jour et dans un seul but…

Jacques Maillet savait d'expérience qu'en Inde rien n'est jamais sûr. La fille pouvait ne pas correspondre aux photos, Prem pouvait ne jamais arriver et toute cette histoire se résumer à une mauvaise plaisanterie…

En principe, Maillet était venu de son ambassade de New Delhi jusqu'à Bombay avancer les négociations d'un contrat de TGV dont on commençait à parler beaucoup dans les chancelleries. Chancelleries où le célèbre Ram Prem l'avait approché il y avait une quinzaine de jours, après avoir lu sa fiche ultra confidentielle de la *Foreign Branch*, la police des étrangers.

Dans l'univers d'espions et d'affaires internationales où ils évoluaient l'un et l'autre – le « Grand Jeu » comme l'appelait Kipling – tout le monde avait des renseignements occultes sur tout le monde. La lecture de cette fiche de police avait donc décidé Prem à aborder Maillet.

Jacques Maillet, Français, cinquante-cinq ans, toulousain, catholique romain, Hautes études commerciales, Sciences politiques, Langues O, rentre au Quai d'Orsay en 1970. Préfère le terrain, vieux routard de l'Asie. Marié, trois enfants, infidèle avec précautions, érotomane et esthète, grand collectionneur d'objets religieux. Intime avec le ministre du Commerce extérieur indien avec lequel il a fait Sciences Po, section Affaires étrangères à Paris en 1968. Loisirs : trekking, navigation de plaisance, squash…

Prem s'était dit que l'importance des négociations que le Français dirigeait avec son équipe ne l'empêcherait pas de penser à la bagatelle. C'était le défaut de la cuirasse de Maillet, son péché mignon quand il était en déplacement loin de ses attaches de son ambassade, de sa femme…

A l'occasion d'une fin de cocktail sur Aurangzeb Road, Prem lui avait fait miroiter une occasion exceptionnelle : une ex-déeesse vivante de Katmandou. Et vierge ! Evidemment, pas donnée...

Quant à Jacques Maillet, il connaissait Prem de réputation. Par la presse notamment dont il défrayait les chroniques plus souvent qu'à son tour. Pour certains, il s'agissait d'un battant dont la réussite spectaculaire à partir de rien représentait un exemple édifiant, un homme d'abord sympathique et resté près du peuple. Pour d'autres, c'était un escroc à l'aplomb formidable et aux méthodes basées sur la corruption. Et peut-être pire... Bref, Prem était l'un des hommes d'affaires et hommes politiques, le plus controversé de l'Inde.

Plus grande démocratie du monde (par sa population en tout cas), le système judiciaire avait permis à des juges d'inculper Prem à plusieurs reprises, et l'un d'eux était même parvenu à le faire emprisonner une courte période. Mais Prem s'était toujours sorti presque intact de ces petits désagréments, soutenu qu'il était par une partie de l'électorat dont il était le héros. Parce qu'il avait réussi, lui, Ram Prem, l'Intouchable milliardaire.

Sachant qu'il allait rencontrer Prem en fin de journée, Jacques Maillet avait lui aussi complété les informations publiques par une consultation de la « documentation extérieure » secrète de l'Ambassade de France. Il en avait appris de bien belles. C'était à peine racontable...

Se détournant brusquement de la fenêtre, Jacques Maillet se dirigea vers le téléphone mural installé à la tête du lit, décrocha le combiné, et commanda un autre whisky, « sans glace ! » insista-t-il. Puis, il se laissa tomber dans un fauteuil, rêveur.

Il connaissait tout des « Déesses vivantes » népalaises dont il collectionnait les photos. Les grands prêtres commencent par sélectionner plusieurs fillettes de cinq ans à qui ils font subir un premier test d'endurance à la peur. Pour cela, ils enferment les gamines dans une pièce noire et tentent de les effrayer avec des masques de démons. Celles qui parviennent à ne pas pleurer sont retenues. Après d'autres épreuves – souvenirs inexpliqués, ressemblance avec l'image classique de Durga – leur choix définitif s'arrête sur l'une d'elles qui devient la Kumari royale. Elle est alors adulée, adorée par tout un peuple qui mélange joyeusement le bouddhisme et l'hindouisme. Le jour de la fête de l'Indrayatra, elle est portée en palanquin à travers Katmandou, avant de confirmer rituellement le roi dans ses fonctions. Quand elle apparaît à son balcon, telle une papesse, une immense ovation la salue et les moindres de ses mots et humeurs sont rapportés dans la presse de Katmandou.

Mais le rêve a ses limites : l'esprit de Durga ne peut l'habiter que petite fille. A sa puberté elle devient une adolescente ordinaire et on choisit une autre déesse vivante. L'atterrissage est douloureux pour les exclues, d'autant que personne ne veut épouser une ex-Durga : car elle porte le mauvais œil d'après les Népalais. Aussi il arrive que les déesses déchues finissent dans les réseaux de prostitution, oiseaux rares pour clients fortunés…

Quelqu'un frappa doucement à la porte. Enfin ! Le cœur de Jacques Maillet fit un bond et il se précipita pour ouvrir.

Sa déception fut grande de découvrir que l'arrivant n'était que le *naukar*[1] en costume de laquais oriental.

1. Serviteur.

Au *Taj*, c'était le grand apparat maximum : pantalon bouffant blanc, veste verte luisante à arabesques et double queue de pie rouge ; turban jaune rehaussé d'aigrette et babouches de cuir de buffle à bout tarabiscoté en spirale.

L'homme costumé ainsi déposa un Chivas tintinnabulant sur un plateau d'argent.

— *I said no ice... I keep this glass, bring me another one please* [1], gronda Jacques Maillet.

Il y avait plus de vingt ans qu'il refusait les glaçons pour cause d'eau polluée et il était las de répéter toujours les mêmes choses. Ces enturbannés de grands hôtels ne voulaient jamais comprendre. Ils étaient une véritable armée au *Taj* de Bombay où, visiblement, salaires et charges sociales ne posaient guère de problème. « Le plus cher ce doit être de les affubler de ces déguisements invraisemblables », se dit-il.

— De quelle eau proviennent tes glaçons, hein ? Et les amibes, tu en as entendu parler ? Tu sais, quand on en attrape c'est à vie.

« Quel pays ! » pesta intérieurement Jacques Maillet. Jamais de crudités, toujours penser à faire décapsuler les bouteilles d'eau minérale *devant soi* car des petits malins trafiquent les vieilles capsules, font passer de l'eau du robinet pour de l'Evian et revendent les vraies bouteilles à leur compte… Maillet détectait immédiatement ces petites arnaques de pays pauvre mais il commençait d'en être fatigué. Comme des moustiques mortels, de la peur des maladies… Et ses crises de paludisme qui revenaient par séquence et dont il ne se débarrasserait jamais…

1. J'avais dit pas de glace... Je garde ce verre, vous en ramenez un autre s'il vous plaît.

Le serviteur inclina très bas son turban à aigrette jaune canari dans un signe d'humble acquiescement. A cet instant précis, la porte s'ouvrit à la volée sur un homme corpulent marchant à grandes enjambées.

Proche de la cinquantaine, Ram Prem était un personnage comme on imagine Gengis Khân. Il était pourtant habillé d'un costume cravate à l'européenne, d'excellente coupe d'une couleur hésitant entre la coquille d'œuf et le beurre frais. C'était l'accumulation ostentatoire de richesses occidentales qui lui donnait cette apparence d'extravagance orientale. Enorme Rolex taillée dans un lingot d'or, boutons de manchette à gros diamant, chaussures cannées deux tons, cravate rouge à fleurs éclatantes. « Il ne changera jamais » pensa Maillet, en le voyant apparaître devant lui.

Grand et gros, Prem avait le visage large, le nez fort et la bouche charnue, le teint sombre, les cheveux très noirs et lisses mi-longs coiffés en une grande mèche et, par moment, un regard profond d'hypnotiseur.

Il était suivi de Utam, son légendaire garde du corps, un personnage aussi pittoresque que lui. Petit pour un géant, Utam avait été champion de lutte sur les bords du Gange. Catégorie poids lourd. Lui portait la *kurta pajama* [1] blanche des Malabars [2].

Il poussait devant lui une forme humaine qui, par contraste avec lui, paraissait incroyablement menue. Elle était entièrement dissimulée sous un ensemble de voiles brillants et colorés.

Le serviteur de l'hôtel se retira en murmurant un ultime *atcha sahib* [3] et Prem put saluer Maillet avec sa jovialité habituelle. Et aller droit au fait.

---

1. Pantalons genre pyjama et ample chemise traditionnelle.
2. Habitants de la côte du Kérala, Etat du Sud-Ouest de l'Inde.
3. Bien monsieur.

— Cher ami… Comment allez-vous ? Comme promis, je vous présente Drivni Chain, cent treizième réincarnation de Durga, qui fut la Kumari, déesse vivante à Katmandou, jusqu'à ses douze ans…

Prem n'était pas venu de loin, il louait à l'année la suite mitoyenne de la sienne, dans la partie « palais historique » si recherchée du *Taj Mahal.*

Maillet jeta un œil au fantôme voilé qui se tenait devant lui.

Cette fille combinait ses deux fantasmes les plus puissants. Elle avait été déesse vivante et elle était vierge… Une prostituée vierge… l'impossible, le paradoxe, dans quelques instants ! Il avait du mal à garder son impassibilité diplomatique, se tortillait, ne tenait plus en place. Pour un collectionneur comme lui, elle représentait un des points culminants de sa vie sexuelle.

— A présent elle en a donc dix-sept et elle est… vierge, vous confirmez ? articula-t-il avec peine.

Il sentait la fièvre monter en lui à tel point qu'il se demanda s'il n'était pas victime d'une nouvelle crise de paludisme.

Face à tant de fébrilité, Ram Prem ne peut réprimer son tic nerveux, un geste que les médias avaient rendu célèbre : quand il était gêné, il se frottait le nez avec sa main droite. Puis retrouvant son assurance, il écarta délicatement de sa grosse patte carrée pleine de bagues, le fin voile chamarré qui recouvrait la tête de l'ex-déesse. Elle portait dessous un sari carmin et or.

Deux prunelles sombres et fendues se levèrent pour contempler la haute stature de Jacques Maillet. Pour lui souhaiter le bonjour elle joignit ses mains.

« Comme une sainte chrétienne » se dit Maillet. Cette pensée « sacrilège » fit encore monter son excitation d'un cran.

Il y a quelques années, lors d'un voyage qu'il avait

fait à Katmandou dans le cadre d'un projet d'extension du marché des Opinel et des verres Duralex au Népal, le Français avait vu cette fille saluer la foule du haut du balcon de bois du Kumari Bahal. Et la voilà maintenant qui se trouvait à sa disposition, offerte, soumise… Une Népalaise. La peau plus jaune et claire et les yeux beaucoup plus bridés que les Indiennes.

— A sa puberté elle est retournée dans sa famille, reprit Prem d'une voix doucereuse de marchand de tapis, mais son père a toujours refusé de la céder. Il est mort il y a quelques semaines et sa mère a bien été obligée…

Son visage lisse dévoilé, la Déesse se tenait très droite, les mains encore jointes, digne comme la reine d'Angleterre passant les troupes en revue. Ses années de divinité lui avait laissé un maintien de princesse et il émanait de cette altesse déchue redevenue paysanne une sorte de noblesse et de candeur mêlée. Elle était d'autant plus bouleversante qu'il flottait dans ses yeux qui avaient vu la gloire une expression désenchantée. Sans doute revoyait-elle son enfance dorée, cloîtrée dans la Kumari Bahal… Puis l'armée de proxénètes de Katmandou qui avaient vainement tenté de l'arracher à prix d'or à sa famille… Les villageois apeurés qui la regardaient de travers après l'avoir adulée… La mort récente de son père, foudroyé par la maladie des rizières, après toute une vie passée dans l'eau jusqu'aux genoux… Sa pension municipale d'ex-déesse, dérisoire. Elle qui n'était même plus bonne à garder les buffles…

— Sa mère a juré sa virginité, de plus elle a été examiné par un médecin dont voici le certificat…

— D'accord, OK, *atcha baba!* je prends, s'écria Jacques Maillet au bord de l'explosion.

Le petit air désabusé de cette fille combiné à sa distinction étrange le rendait fou. Un peu gêné, le Français extirpa de sa veste grise une épaisse enveloppe que l'homme d'affaires indien empocha sans le moindre complexe. Et, suivi de Utam, son ombre massive, Ram Prem sortit de la suite.

Maillet resta seul avec le spectre gracile, immobile dans l'entrée. Evidemment, avec une vierge, il ne fallait pas s'attendre à une technique amoureuse éblouissante, c'était le revers de la médaille.

Compensé largement par cette authenticité, cette innocence qui excitait tant la libido du diplomate. Dans ce monde de trahisons et d'escroqueries, il avait besoin de la candeur de cette ingénue livrée à son ardeur. Pour lui, le premier, que cette fille n'oublierait jamais. Il avait besoin de s'approprier cette parcelle d'innocence, d'authenticité. Pour la saccager. Ou l'initier délicatement. Ce serait comme il lui plairait, de toute façon. Il la prit par sa main frêle comme un oiseau et l'entraîna dans la chambre

— *Kripayà andar àiyé* [1].

Docile comme une esclave, elle s'approcha et s'étendit sur le lit.

Jamais Drivni Chain n'avait été serrée d'aussi près. Sa divinité sacrée puis le mauvais œil l'avaient retranchée du monde, exclue du reste de l'humanité. C'était comme si elle arrivait droit du ciel, des nuages fantastiques du panthéon hindou... Pourtant, au fond, la perspective de devenir courtisane de luxe ne lui déplaisait pas, enfin elle allait connaître l'amour physique comme les autres, les filles ordinaires. Elle en ressentait une excitation plus forte que son appréhension.

L'homme qui l'avait achetée à sa mère, un certain Birla, lui avait expliqué les rudiments. « Il faudra te

1. Viens ici s'il te plaît.

livrer aux jeux que font les statues dans les temples tantriques, il lui avait expliqué. Prendre le sexe des hommes dans ta bouche, aspirer, et te laisser pénétrer, par devant, par derrière, gémir… »

Elle lui avait coûté une fortune et Birla le vieux proxénète n'avait osé la toucher nulle part.

Drivni Chain commença de déshabiller l'homme avec de petits gestes maladroits, commençant par le pantalon. Cette initiative candide bouleversa Maillet mais il préférait l'inverse.

— Enlève tes vêtements la première ordonna-t-il.

La Déesse rougit : elle avait oublié. Se mettre nue… On le lui avait pourtant cent fois recommandé. Elle se releva, dégrafa et enroula à mesure les six mètres de son sari carmin brodé d'enluminures flamboyantes. Mais trop vite, sans les raffinements des professionnelles et Jacques Maillet n'eut plus aucun doute.

Son érection aurait pu défoncer une porte blindée.

Tant d'innocence, pour lui, à lui, le vulgaire vendeur du train à grande vitesse pour lequel les Indiens exigeaient compensations financières et transferts de technologie. A lui, Maillet, au sommet de sa carrière de brasseur de vent intercontinental. La preuve : ce corps de déesse, de déesse vivante d'une perfection à couper le souffle qui se déshabillait devant lui, attentive.

Drivni Chain enleva les bijoux que lui avait confié Prem pour l'occasion : deux boucles d'oreilles en or et une grosse bague ancienne, en argent et montée d'une turquoise népalaise.

Elle en arrivait au *choli*, le chemisier assorti… Sous lequel elle portait pas de soutien-gorge. Qui révéla des seins volumineux pour une Népalaise. Elle hésita au moment de retirer le slip fin de dentelle et Maillet dut faire un geste impérieux de la main. Pudique malgré elle, et rougissante sous sa peau mate, elle se cachait des mains comme une fillette.

Merveille des merveilles, Drivni était une fille sans poil, non pas qu'elle fût épilée, non simplement ça ne poussait pas, aucune trace. Le Français avait déjà vu des filles comme cela, rares même en Asie. Elle était vraiment nue, fendue et lisse comme la nacre d'un coquillage…

Elle se mit à genoux et, les yeux baissés, défit la ceinture de crocodile de Jacques Maillet. Il crut qu'il allait se liquéfier devant cette spontanéité naïve. La Déesse eut un mouvement de recul, surprise de la grosseur de son membre qui jaillit littéralement.

Mais aussitôt elle se reprit et ouvrit grand la bouche

Il sentit sa tension artérielle bondir. Et des ondes de bonheur commencèrent d'irradier son corps.

C'était bon de sentir qu'il touchait le fond de sa gorge, mais Drivni ne faisait rien avec sa langue, ses lèvres, aucune succion, aucun geste des mains, elle ne savait qu'ouvrir sa bouche rouge et magnifique. Le seul plaisir était de s'enfoncer à fond.

« Bon, la chose se confirme, il ne s'agit pas d'une professionnelle », se dit-il. Il ne put résister à s'enfoncer un peu et vit deux larmes apparaître dans les longs cils maquillés au cajal de la Kumari. Elle suffoquait. Pleine de bonne volonté et de désir de plaire mais c'était le degré zéro de l'art de la fellation.

« Finalement, cette caresse malhabile a son avantage pensait le super commercial français, elle me permet de m'économiser avant les cavalcades sérieuses. »

Le courage de cette fille était superbe. Elle s'immolait, elle qui n'était plus bonne à rien, poupée brisée, elle désirait être au moins une bonne prostituée, à la hauteur des sommes astronomiques qu'elle avait coûté ! Maillet fit durer le plaisir et ce n'est qu'après un long moment qu'il finit par souffler :

— *Ruknà.*[1]

Il fut tenter de la sodomiser un long moment avant de la déflorer par devant, telle la Justine de Sade. Mais il redoutait une conclusion trop rapide et craignait d'amoindrir ses capacités pour ce qui restait l'objectif premier de ses fantasmes et justifiait le prix exorbitant qu'il avait payé : être le premier à la pénétrer.

Son cœur cognait jusque dans son sexe. Il lui fallait assurer sa prise d'abord, il aurait bien le temps le reste de la nuit. Parce qu'il allait rester ici, se repaître de cette vierge candide, cette sainte, Durga en personne, s'en régaler... Il en était sûr à présent, plus rien d'autre n'avait d'importance.

— Couche-toi sur le lit grogna-t-il en la saisissant à pleines mains par les hanches.

Elle gémit de plaisir sans aucun artifice, surprise elle-même de son cri. Elle se tortillait de vrai désir et son corps menu se jetait à sa rencontre.

Il lui fallait posséder cette merveille maintenant, à l'instant. Allongé sur elle, les seins aigus de la petite Népalaise s'écrasaient sous sa poitrine. Elle avait des secousses sauvages qu'elle paraissait ne pas pouvoir contrôler. Les ongles de Maillet se plantèrent dans ses fesses rondes et fermes. Il n'eut pas besoin de chercher, son sexe dur et gonflé, brûlant, trouva d'instinct l'entrée, douce et lubrifiée et, après une imperceptible résistance, s'enfonça sans effort dans le fourreau étroit.

La Déesse avait crié. Une première douleur intense était rapidement devenu un contentement suprême qui

1. Arrête.

la traversait, la gagnait par vagues. Elle était effrayée et en même temps elle n'imaginait pas qu'un plaisir aussi puissant pût exister.

Jacques Maillet pilonnait avec fureur la fissure de ce ventre lisse pour la punir et se punir lui-même. Parce qu'un doute affreux, une déception venait de l'étreindre subitement. Avec le sentiment, terriblement vexant, de se faire rouler dans la farine...

Drivni Chain n'était pas vierge.

Peut-être même n'avait-elle jamais été déesse. En fait, Drivni n'était qu'un animal magnifiquement dressé à simuler l'innocence, une jeune pute d'une habileté inouïe, machiavélique.

Une grâce divine authentique paraissait pourtant baigner ses traits à cette seconde. Et elle couinait, geignait, hurlait de vrai plaisir sous son corps lourd, plein de banquets d'affaires et tanné par vingt-cinq ans passés sous les Tropiques.

— *Apkà shubh nàm kyà hai ?* [1] demanda-t-il entre deux grognements de bête, sentant un plaisir irrépressible monter.

— Drivni Chain, du district de Pokara, fille de Naipaul Chain, et je fus Durga, la Kumari royale de Katmandou répondit-elle, automatique et haletante, la voix secouée par le rythme infernal des coups de boutoir qu'elle subissait pour la première fois.

Car cette authentique ex-déesse de dix-sept ans était, en effet, prise pour la première fois, même si sa virginité n'était guère visible.

Jacques Maillet se retira et prit le temps d'observer le ventre nu. Nul sang ne venait le rosir et il avait vu autre chose. La preuve d'une opération. A lui on ne la faisait pas.

---

1. Quel est ton vrai nom?

« Non, elle n'est pas vierge, » siffla-t-il entre ses dents, serrant la mâchoire à s'en faire mal.

Sa rage décuplée, soufflant tel un taureau de combat, Maillet s'enfonça de nouveau dans la fente lisse d'enfant et s'agita furieusement. Plus elle paraissait souffrir, plus il s'en réjouissait. Cette ingénue perverse devait payer pour son désenchantement.

Et pourtant, il subsistait un doute... Sa douleur des premiers moments, ces palpitations spontanées, cette impression de découverte d'un territoire nouveau qu'il avait ressenti ?

Vierge, pas vierge ? Peu importait à cet instant précis, il allait parvenir à jouir de ce petit corps fragile, plus rien ne pourrait l'arrêter. Il se répandit en elle avec un bramement de bonheur.

Après avoir lentement repris ses esprits, Jacques Maillet se redressa et examina encore de près la fourche nue de la petite.

— C'est bien ce que je pensais, grommela-t-il en attrapant sa chemise aux initiales brodées. La Déesse comblée attendait sur le lit, heureuse, rêvant de mariage et ne sachant quelle attitude prendre. Aurait-elle déplu à ce prince étranger écumant comme un dragon ? Elle s'enroula la taille dans le drap.

A peine rhabillé dans un costume tropical gris, un modèle ultra léger et hors de prix de « Sport et Climat », le fournisseur de la France hors les murs, boulevard Saint-Germain, Jacques Maillet composa d'une main furieuse un numéro sur le téléphone à côté du lit.

« Il va m'envoyer son majordome-chauffeur-garde du corps, son esclave », songea-t-il. En effet, trente seconde plus tard, une main grattait à la porte et la tête de Utam, bon génie courtois, véritable géant de la côte des Malabars apparut dans l'encadrement du battant entrebâillé.

— Va me chercher ton maître, ordonna Maillet très sec sans le laisser rentrer.

Prem se présenta à la suite presque aussitôt.

— Quelque chose qui ne va pas à votre convenance ? interrogea-t-il, soupçonneux.

— Regarde cette fille, elle n'est pas plus vierge que toi ! Son hymen a été refait. Les fils sont encore visibles. Pourceau, tu m'as volé, tu m'as pris pour un naïf. Je me souviendrai de toi...

Prem joua les étonnés.

— Comment ça ? Mais...

— En plus, elle ne correspond pas aux photos, regarde ! hurla Jacques Maillet en agitant sa collection de photos de presse de l'époque de la Kumari royale. J'aurai dû me méfier. Au fond, tu as gardé la mentalité du petit dealer que tu as toujours été !

L'Indien blêmit sous le coup. Il avait en effet commencé d'amasser son immense fortune grâce à un laboratoire clandestin à Bénarès, dans les années hippies. Protégé par le Shiv Sena, ce parti de fanatiques hindous. Ceux-là même qui avaient assassiné le Mahatma Gandhi en 1948. Jacques Maillet avait pris ses renseignements le matin même. A la « documentation extérieure » de l'ambassade de France. Prem aurait dû être pendu dans la grande prison Tahar de Delhi.

— Il y a cinq ans qu'elle n'est plus déesse, c'est pour cela que vous ne la reconnaissez pas sur vos photos, murmura-t-il d'une voix suave.

— Sortez ! Disparaissez, du balai ! Je ne veux plus vous voir ! cria le diplomate français au comble de l'exaspération.

Comme une larve visqueuse et fuyante, précédé de sa brioche de riche indien, Prem se dépêcha d'obtempérer.

Sitôt qu'il eût disparu, la fureur de Maillet tomba. Il avait eu tort de s'emporter. Il fallait oublier, comme Bouddha le Sage. Il n'allait pas porter plainte de toute façon... Planté devant la fenêtre, il contempla l'armada des vieux cargos ancrés dans l'immense baie naturelle – une des plus belle de la planète dont venait le nom de la ville : Bombay.

— Tu n'étais pas vierge, mais as-tu jamais été déesse ? demanda-t-il brusquement à la petite Népalaise.

— Durga s'est incarnée dans mon corps entre cinq et douze ans.

— Et depuis tu as connu beaucoup d'hommes ?

— C'est la première fois que je connais un homme.

Ainsi elle osait nier l'évidence ! Le super commercial sentit sa colère remonter. Drivni Chain avoua immédiatement, prudente :

— Mais... est-ce au cours d'un pèlerinage à dos de Yak, ou ce jour où le palanquin est tombé ? Ou alors, en allant chercher de l'eau au puits, plus tard... ? Ma virginité était partie toute seule. Elle ne se voyait plus. Mais je n'avais jamais connu d'homme, je le jure sur Durga. Le docteur a dû me remettre ma virginité dans la clinique à Katmandou. C'est monsieur Ram Prem qui a voulu.

Maillet poussa un soupir de fureur contenue.

— Il y a combien de temps ?

Ces hymens bricolés ne tenaient en général pas plus de deux semaines. Une sorte de greffe plus ou moins habile d'un morceau de boyau d'agneau. Que l'organisme rejetait rapidement comme un corps étranger.

— Il y a cinq jours, le temps de venir ici, à Bombay, dit-elle.

Comment savoir la vérité ? Et quelle importance... Idiot, il s'était montré idiot, dominé par son tempérament expansif, sa passion de collectionneur, ses fantasmes sur la virginité, la tension nerveuse de la journée, le climat...

Au loin, un supertanker rentrait dans la baie. Les nuages plombés, à présent éclairés par-dessous, étaient resplendissants. Certains devenaient de plus en plus noirs...

Réfugié dans ses appartements, Ram Prem se tordait les mains de fureur. Cette journée n'avait été qu'une suite de ratages. En fournissant une ex-Kumari à l'homme du TGV, Prem comptait réaliser un bénéfice non négligeable. Une dizaine d'années du salaire indien moyen, d'abord. Mais surtout il s'approchait d'un homme-clef, s'en faisait un allié et le compromettait. Car la fille était *vraiment* vierge. Simplement ça ne se voyait pas. Dans un désir de trop bien faire, Prem avait fait opérer la fille par un chirurgien marron de ses amis.

Hélas, Maillet, méfiant et véritable spécialiste, s'était aperçu de la virginité « réparée » de l'ex-déesse. Et avait presque ouvertement menacé de le dénoncer dans les hautes sphères du gouvernement indien.

Dans la chambre de la suite mitoyenne, la splendeur irréelle du crépuscule de mousson ne parvenait pas à calmer la nervosité grandissante du directeur des attachés commerciaux. Arpentant la chambre de long en large, Jacques maillet se répétait qu'il s'était laissé piéger comme un bleu.

Il y avait d'abord eu ce moustique énorme dans son verre à whisky, son remords de l'avoir tué, cette étrange prémonition... Ensuite, il avait payé – cher – cette petite pute népalaise que Prem était sans doute allé chercher à Falkland road pour cent roupies.

Jacques Maillet avait déjà eu des amazones plus jeunes, mieux roulées et beaucoup plus expertes pour mille fois moins cher. Car il avait payé un *lack* [1] de roupies pour une débutante ! Peut-être avait-elle été au moins réellement déesse à Katmandou ?

Quoi qu'il en soit, la fille n'était pas dénuée de charme et, finalement, il avait l'intention de la garder pour la nuit dans sa suite. Il avait payé pour cela. De toute façon, avec les embouteillages monstrueux du soir dont on percevait au loin les klaxons et millions de sonnettes de bicyclettes, il avait raté le dernier A-320 Indian Airlines pour New Delhi.

— As-tu pris ton repas aujourd'hui ? demanda-t-il à Drivni du ton le plus gentil possible. Tu veux commander quelque chose ?

La gorge nouée, elle refusa d'un signe de la main.

Elle osait à peine sourire.

Côte à côte avec la Déesse, Maillet allait retourner s'allonger sur l'énorme lit à baldaquin lorsque quelqu'un frappa à nouveau à la porte de la suite. Des coups trop énergiques pour provenir du service feutré de l'hôtel.

Maillet se leva en soupirant.

C'était encore Prem, onctueux et répugnant, dégoulinant d'excuses et la grosse enveloppe de roupies à la main.

— Croyez bien, *sir*, que je ne voulais que vous êtes agréable. Puisque vous n'êtes pas entièrement satisfait,

1. Cent mille roupies, environ seize mille francs.

reprenez votre argent et oublions cette histoire, nous sommes l'un et l'autre des gentlemen…

Maillet reprit vivement son enveloppe.

Après, tout se passa très vite.

Le fax se mit soudain à crépiter dans le bureau et Maillet qui avait récupéré son enveloppe faillit éclater de rire. C'était comique. Qui pouvait lui envoyer un message. Sa femme ? L'ambassadeur de France ? Personne ne savait qu'il était ici, au *Taj Mahal Hotel*, suite 412.

— Vous attendiez un message ? lui demanda Prem, soudain anxieux.

Il avait tout à coup changé d'attitude en entendant les grincements du fax. Une véritable transformation. Il s'était en une seconde tendu comme un arc.

— Non, répondit Maillet, flairant un mystère dans cette brusque modification du comportement de Prem.

Maillet rentra dans le bureau de sa suite où le fax continuait d'émettre des bruits mécaniques. Suivi de Prem qui se précipita derrière lui sans y avoir été invité.

La feuille de papier commençait de sortir lentement…

— Eh bien moi, j'attends des nouvelles et je suis sûr que ce fax m'est destiné ! s'écria l'Indien en se mettant face à la machine de façon à s'emparer du message.

— Il n'empêche, répliqua Jacques Maillet en le repoussant d'un coup de coude appuyé, qu'il arrive dans *mon* bureau et vous allez me laisser en prendre connaissance. S'il vous plaît !

Prem se recula d'un pas tandis que le Français s'immobilisait.

Ils se faisaient face, les yeux dardés l'un dans l'autre : deux hommes prêts à se battre…

CHAPITRE II

Prem aurait pu frapper Maillet, il aurait dû le faire, l'empêcher par la force de prendre la feuille. Mais c'eût été prendre le risque de se trahir car il n'était pas certain du contenu de ce fax.

Dans la chambre, la Déesse s'était cachée derrière un paravent de bois sculpté. Les portes à double battants étaient ouvertes mais elle avait renoncé à comprendre ce qui se passait entre ce gros Indien et ce grand Occidental qui s'affrontaient mentalement dans la pièce à côté. Flairant confusément qu'un drame allait se produire, elle était juste consciente d'une tension ne la concernant plus, qui avait tout à coup envahit la vaste suite lambrissée, à rendre l'air chaud palpable. Elle n'avait pas osé remettre son somptueux sari carmin et or mais s'était pudiquement enroulée, à présent jusqu'en haut, dans les draps.

Prem se rappela soudain ce que son astrologue personnel lui avait prédit ce matin : mauvaise journée. Mais la tournure des événements la classait à présent dans la catégorie des journées catastrophiques. Les contretemps précédents n'étaient que broutilles insignifiantes comparés aux problèmes qui s'amorçaient avec ce fax mal orienté. Prem en eut une sueur froide qui lui trempa le dos.

Il avait toujours réfléchi vite. Il n'y avait qu'une seule explication. Quelqu'un, probablement le standard du *Taj Mahal Hotel*, était en train de balancer l'ordre de virement qu'il attendait sur la suite 412 au lieu de 414.

Des erreurs s'étaient déjà produites. Prem louait d'ailleurs la 412 parfois, quand il avait des invités. Renseigné par le serviteur qui l'avait vu rentrer dans la 412 avec la Kumari royale, l'employé du standard avait dû penser bien faire. Et voilà, il avait suffi d'un détail pour tout changer. Minuscule grain de sable qui devenait gros pépin. A présent, la feuille était à moitié sortie de la machine grinçante…

Son destin basculait sous ses yeux, avec cette feuille de plus en plus lisible. Il lui restait quelques instants pour réagir…

Prem se croyait revenu à ses débuts, quand il avait dû, en trente secondes décider d'éliminer dans sa cuisine un certain chimiste devenu gênant. Un professionnel très adroit pourtant, convoité. Et pas seulement par la DEA[1] car il faut des années pour produire un bon chimiste.

Plus tard, Prem avait entamé une carrière politique à New Delhi ; politicien pas plus malhonnête qu'un autre, il avait été élu député, puis ministre des Intouchables ; il aurait sans doute suivi une ascension honorable mais il y avait eu ce joueur de cricket aigri, ce lanceur minable qui l'avait dénoncé parce qu'il n'avait pas, lui, touché son bakchich pour perdre comme les grands joueurs. Péché véniel comparé aux magouilles financières habituelles de Ram Prem. Seulement le public n'avait pas apprécié d'aller voir des matchs truqués et lui avait mal pardonné cet incident mineur.

---

1. *Drug Enforcement Administration*, un des organismes américains de lutte contre le trafic des stupéfiants.

Prem avait dû accepter une voie de garage destinée à l'éloigner de Delhi : la représentation indienne à l'ONU, à New York City. Où il n'était même pas ambassadeur en titre. Chasse gardée pour Singh, ce brahmane distingué, ce grand niais maigre, fils de maharaja ruiné. Prem n'était que « l'éminence grise de l'ambassadeur à l'ONU », comme l'appelait la presse de droite.

Et voilà que, sous ses yeux, un nouveau désastre risquait de compromettre inéluctablement toutes ses ambitions de réinsertion dans les allées du pouvoir.

Dans un ultime sursaut, Prem tenta d'arracher la feuille du fax mais Maillet fut plus rapide. Pour son malheur, ce dernier s'empara du document et le tenant au-dessus de sa tête, le lut tout en courant en rond dans le bureau. Poursuivi par Prem qui, trop petit pour atteindre la feuille, sautait et trépignait derrière lui.

A mesure qu'il prenait connaissance du message, la tête de Maillet se décomposa et il sentit le sang se retirer de son crâne.

Ainsi c'était donc ça... Quelle trahison ! Enfin il comprenait tout, les difficultés qu'il rencontrait depuis le début dans les négociations de ce contrat, ses ennuis depuis un an... Le destin avait de ces clins d'œil !

C'était vraiment une nouvelle incroyable, prodigieuse, un scandale à peine imaginable.

Mais il ne fallait pas traîner ici...

Devant l'expression indignée du Français, Prem n'avait plus aucun doute sur le contenu du message. C'était bien celui qu'il attendait dans la suite 414. La sienne...

Il réfléchissait à toute vitesse aux conséquences, entrevoyant en un éclair les retombées de la décision qu'il allait prendre. Qu'il devait prendre...

« Cet imbécile de Maillet sera réincarné de toute façon » se dit-il en ricanant intérieurement.

Prem n'avait pas tué de ses mains depuis une bonne décennie. Depuis l'année où il avait tant grossi. Il fallait agir. Maintenant ! Son instinct ne l'avait jamais trompé, il s'était aiguisé même, avec sa fortune à préserver. Tous ses signaux d'alarme étaient au rouge. Il était coincé. Il ne restait qu'une solution. Immédiate.

Jacques Maillet regarda Prem une longue seconde et ce dernier lui rendit son regard aigu, terrible.

Il n'y eut pas un mot d'échangé entre les deux hommes qui s'affrontaient des yeux comme deux crotales prêts à mordre.

Puis, lentement, aussi calmement que le lui permettaient les battements accélérés de son cœur, Jacques Maillet se détourna et commença d'empiler dans sa Samsonite les quelques affaires qu'il avait sorties. Agenda, stylo… Et ses préservatifs. Non utilisés, il n'arrivait pas à s'y faire ; d'ailleurs la fille aurait dû être vierge donc, en principe, il n'y avait aucun risque. Il bougeait comme un robot, s'efforçant de maîtriser le tremblement de ses doigts, ignorant ostensiblement Prem qui ne perdait pas un de ses gestes.

Prenant son souffle, Jacques Maillet tenta une sortie « honorable pour tous », dans la tradition diplomatique de sa formation.

— Reprenez votre *lack* de roupies, dit-il d'une voix qu'il aurait voulu plus ferme en tendant la grosse enveloppe à Prem. Vous l'avez gagné. Cette fille était vierge finalement, et très belle, elle m'a donné du plaisir, et je n'ai aucun doute sur sa divinité…

Il y eut un silence lourd ; de la nature de ceux qui précèdent l'explosion d'un coup de tonnerre.

Prem, dans un geste de dédain, laissa tomber

l'argent sur la moquette. Négliger ainsi cent mille roupies était si peu dans sa réputation que Maillet en eut un frisson de terreur. Sa tentative de « sortie honorable » s'annonçait mal...

De toute la vélocité dont il était capable, Maillet s'élança alors vers la porte d'entrée. Plus qu'un mètre à peine et il serait sauvé...

Prem avait eu beau réfléchir de tous ses neurones il n'avait pas trouvé d'autre issue que l'épreuve de force. Son passage à l'acte fut automatique. Il se rua devant la porte et fit face. Son regard avait retrouvé l'éclat métallique d'un hypnotiseur, celui de sa jeunesse.

Ainsi Prem avait osé, franchi le pas ! Un flot d'adrénaline jaillit sous le crâne de Jacques Maillet.

— Où allez-vous, *sir ?* demanda l'Indien d'une voix parfaitement maîtrisée.

— Je rentre à Delhi comme prévu, répliqua Maillet.

— Ah oui ? Le dernier avion est parti et vous le savez.

— Mais vous n'avez quand même pas l'intention de me séquestrer, *moi !*

Comme un écho à son éclat indigné l'épaisse silhouette de Utam vint alors s'encadrer dans l'embrasure de la porte, soulignant celle, courtaude et trapue, du gros Indien.

Maillet n'avait pas vu rentrer Utam.

— C'est un incident diplomatique, ne vous croyez pas invulnérable, Prem, vibra Maillet. Même vous, il y a des choses que vous ne pouvez pas faire, j'en référerai à qui de droit !

Mais il était en train de comprendre que sa vie ne faisait pas le poids face à l'énormité du scandale révélé par le fax.

— Ce document m'était destiné, je vous avais prévenu de ne pas le lire, il est arrivé dans votre chambre par erreur, expliqua Prem. Vous n'auriez pas dû, *sir*. Maintenant il est trop tard, trop tard…

A présent que sa décision était prise, Prem se sentait l'homme du monde qu'il avait toujours rêvé d'être. Il faisait des phrases, serein et impitoyable, il dominait avec facilité la situation. C'était très simple : Utam et lui étaient plus forts. Physiquement.

— Et alors ? reprenez-le votre document. Je ne l'ai pas lu, bredouilla piteusement Maillet.

Le sang lui battait aux tempes.

— Si, vous l'avez lu, articula lentement Prem, son regard de feu toujours dardé sur le Français. A présent, comprenez qu'il me soit impossible de vous laisser partir. Croyez bien que je suis sincèrement désolé, *sir*…

Le Français comprenait surtout comment Prem avait réussi à se tailler un empire sur le marché international. Aucune émotion, une logique inflexible, inexorable, et une absence absolue de scrupule quand quelqu'un gênait sa progression.

Il voulut appeler au secours mais il eut à peine le temps d'ouvrir la bouche. Sur un signe de Prem, Utam s'était jeté sur lui tel un cobra et le bâillonnait de sa poigne calleuse de King-Kong.

Maillet le mordit, se débattit mais le géant insensible à la douleur pesait bien trente kilos de plus et l'immobilisa sans peine. Le diplomate gisait, haletant, impuissant, couché sur le dos, sur le tapis précieux du Cachemire qui doublait une moquette épaisse.

Utam interrogea son maître du regard et prit un air entendu, ses yeux sombres de Malabar soudain plissés, brillants. De la poche de sa *kurta* blanche, Utam sortit, emmaillotée dans une serviette blanche, une arme qui, lorsqu'il la vit, plongea Maillet dans une terreur viscérale : un manche cylindrique en bois dans lequel était planté une fine aiguille d'acier noir d'une quinzaine de centimètres. En fait une simple brochette des cantines de rues. Longuement aiguisée.

Le Français comprit, sans toutefois le réaliser vraiment, qu'il allait mourir. Tout de suite, là !

— *Help !* hurla-t-il les yeux exorbités, au secours, à moi !

Prem le prit par surprise et, dans sa bouche ouverte d'horreur, lui enfonça en guise de bâillon le chiffon blanc qui protégeait la pointe.

La seconde suivante, sans ciller, le geste précis, Utam planta d'un mouvement sec son aiguille dans la pomme d'Adam du Français. Il appuya à fond, jusqu'à la garde et attendit environ une minute.

La colère de Maillet était plus forte que sa douleur. Il voulut crier mais aucun son ne franchissait le barrage de la serviette qui l'étouffait. Un cauchemar, son dernier cauchemar…

Une rage surhumaine le souleva alors et, le temps d'un battement de cœur, il crut culbuter Utam mais retomba lourdement sur le dos, incapable de maîtriser les spasmes désordonnés qui l'agitaient. Son corps commençait à le trahir.

Toute sa vie se réfugia dans ses yeux, il ne pouvait plus rien bouger d'autre. Et puis, peu à peu, tout se brouilla, le collectionneur, l'esthète qui avait cru déflorer la déesse Durga entre deux négociations destinées à équilibrer la balance commercial hexagonale finit par renoncer à se battre. Enfin détaché comme ces bouddhistes dont il avait collectionné toute sa vie, jusqu'à la passion, les objets de culte sans comprendre. Son regard fou devint vitreux.

C'était fini.

Sans aucune effusion salissante, propre et silencieux, radical.

Précautionneusement, Utam retira la brochette aiguisée comme une aiguille.

A peine trois gouttes de sang.

Une dernière grimace s'imprima sur le visage de Maillet, un rictus qui le faisait ressembler à une gargouille de Notre-Dame ; on aurait dit que ses yeux morts allaient lui jaillir de la tête.

Soudain, les deux Indiens tressaillirent et se regardèrent.

La porte de la suite venait de claquer. La Déesse... Putain, ils avaient oublié cette petite garce !

— Utam ! Il faut la rattraper, tue-la ! hurla Prem.

D'un seul élan les deux hommes, bondirent à la poursuite de la Népalaise.

Il y avait un garde armé à chaque étage, tout dévoué à Ram Prem. Il suffisait de lui crier d'arrêter la fille.

Sur la moquette de la suite 412, Jacques Maillet reprit à demi conscience. La glande thyroïde transpercée, il était mourant et le savait. Avec des gestes tremblotants qui lui coûtaient chacun un effort surhumain, il réussit à cracher le linge de sa gorge et trouva la force de ramper jusqu'à sa Samsonite.

Il voyait distinctement une lumière rouge au bout d'un long tunnel dans lequel clignotaient des images de sa jeunesse, de ses enfants, de sa vie professionnelle... Mais ses pensées s'empêtraient dans tout ce rouge. Aucun son ne parvenait plus à sortir de sa gorge percée, gargouillante de fluides corporels mêlés. Et une douleur atroce commençait à le tenailler par saccades *crescendo*.

Le Français avait un besoin forcené de signaler au monde le scandale incroyable qu'il venait de découvrir. Il sentit sous ses doigts ce qu'il cherchait.

Apparemment, c'était un simple GPS[1], un instrument de navigation par satellite qui ressemblait à une grosse calculette. Sans lui-même très bien comprendre pourquoi, obéissant peut-être à des vieux réflexes conditionnés de marin plaisancier, il appuya sur une touche rouge marquée MOB. Qui signifie *Man Over Board*, un homme à la mer. Il ressentit un intense soulagement d'avoir réussi cet exploit ultime. Juste avant d'entrer en fusion avec la lumière rouge aveuglante.

Il arrivait au bout du tunnel.

Il retomba de tout son long, bras et jambes en croix, agité de tressaillements.

Dehors, enfin !... l'orage du soir éclata avec un fracas d'explosion et un coup de vent presque frais balaya la terrasse vide. La ville entière accueilli le coup de tonnerre d'une immense clameur de soulagement qui résonna de Nariman Point à Wellington Circle, dans toute l'île [2].

Au même moment, « monsieur TGV » le grand directeur de la mission commerciale française, cessa de bouger. Mort.

Mais sur la moquette, à hauteur de son cou, une petite flaque rouge s'étalait. Son sang « vivait » encore. Et déjà une anophèle *fasciata indiana* plongeait dedans et se mettait à le sucer avidement...

1. Global Positionning System.
2. Reliée au continent par la Chaussée de Salsette, la ville de Bombay est effectivement construite sur un archipel d'îlots volcaniques.

CHAPITRE III

Aimé Brichot, inspecteur principal à la célèbre Brigade Mondaine, s'extirpa péniblement de son taxi presque au moment même où sa « flèche » [1], l'inspecteur divisionnaire Boris Corentin, tournait le coin du boulevard au guidon d'une vieille Honda CB 35O.

Il était trois heures et demi du matin ce mercredi de septembre et les rues de Paris étaient désertes.

Sombre et livide d'avoir été réveillé dans son premier sommeil, Aimé grogna d'une voix blanche :

— Cette fois-ci Baba y va fort, si ce n'est pas au moins une alerte atomique il va m'entendre.

Boris eut son habituel sourire mi-ironique mi-sérieux :

— Je me contenterais du casse de la Banque de France.

Raidissant ses épaules d'athlète, il béquilla avec l'aisance d'un enfant son jouet, sa moto japonaise de collection.

— Non mais, pour qui il se prend à la fin ! continua Aimé Brichot en se grattant la moustache… *« Je vous attends dans mon bureau dans une heure »*. Quand on est en train de dormir avec sa femme lé-gi-time ! Je vous en collerai, moi, des commissaires divisionnaires !

1. Premier des deux dans une équipe de policiers.

Il se bloqua, l'air subitement réveillé pour de vrai :

— Mais qu'est-ce que c'est que cette moto pourrie, Boris, tu es sur une filature de loubard ou quoi ?

— Une pièce de collection. La Honda 350 de mes études bretonnes, j'avais seize ans, toute ma jeunesse… J'ai enfin retrouvé la même sur une annonce de *Moto Revue*. Je vais refaire le moteur, les chromes, restauration complète.

— Ah tu commences donc à tourner nostalgique, remarqua Aimé, et recherches déjà les engins déglingués de ta jeunesse…

— Une pièce rare, pas un engin déglingué, dit Boris en attachant l'engin en question avec un énorme antivol en U autour d'un solide poteau.

Là-haut, au deuxième étage du 36 quai des Orfèvres, Charles Badolini, dit Baba pour les intimes, les attendait en personne sur le pas de la porte de son bureau.

— Vous partez en Inde, veinards, leur claironna-t-il joyeusement comme s'ils avaient gagné un voyage pour deux personnes à Hawaii, palace spécial lune de miel avec piscine olympique.

— Ah je vois… les ennuis commencent, soupira Aimé, soudain très très accablé.

Boris se retenait pour garder son sérieux.

— Et naturellement c'est la mousson là bas, je suppose ?

— Pleine mousson, oui, confirma Badolini. Pourquoi cette question ?

— Je n'ai pas eu le temps de prendre mon Burburry's dans le placard, faut que j'y retourne, bredouilla Aimé…

Badolini le fusilla du regard :

— Pas question. Urgence absolue. Le vol TWA qui fait le tour du monde en vingt-quatre heures décolle dans deux heures de Londres Gatwick. Un transport militaire du GLAM vous attend à Villacoublay pour vous emmener à Londres. Nous allons monter dans ma voiture, je vous expliquerai en route. Dépêchez-vous ! Un budget est prévu pour vous acheter des habits sur place, et des parapluies, de toute façon le textile ne coûte rien là bas. De l'alpaga, de la soie, du vieux chic britannique... Vous allez pouvoir renouveler votre garde-robe entière, Aimé.

Il s'arrêta une seconde et reprit à voix plus basse :

— Les « bons roses » [1] évidemment... Je vais vous remettre du liquide en dollars américains. Ce ne sera pas illimité mais très généreux. Vous serez moins repérables avec des habits fabriqués en Inde. On peut même considérer qu'il s'agit d'une ruse. Venez, vite !

Vingt minutes et trente-huit secondes exactement après avoir « décollé » du quai des Orfèvres, la Renault Safrane conduite de main de maître (en excès de vitesse...) par le commissaire divisionnaire Charles Badolini pilait près du Transal gris aluminium sur le tarmac de Villacoublay.

— Il restait une information de la DGSE que j'espérais pouvoir vous donner avant votre départ... dit Badolini en leur tendant une feuille. Mais nous n'avons pas le temps d'attendre, téléphonez-moi dès votre arrivée, il paraît que c'est très important. Voici un bref résumé écrit de la situation, à consulter immédiatement, et vos passeports, les dollars... Je vous ai

1. Fonds secrets destinés aux opérations imprévisibles et spéciales.

rajouté une « Synthèse sur l'Union Indienne depuis 1947 », du Quai d'Orsay.

Et, guère plus d'une minute plus tard, en pleine procédure de décollage de l'appareil, Boris pouvait faire à Aimé, un peu nauséeux, le résumé point par point de leur « ordre de mission » :

1 – Charles Badolini se charge en personne, depuis la fenêtre de son bureau, de la surveillance de la Honda 350 de Boris (Ce préambule avait été rajouté au dernier moment à la demande de Boris).

2 – Le directeur de la mission commerciale de l'Ambassade de France à New Delhi, Jacques Maillet, vient d'être assassiné. Il était sur le point de signer un colossal contrat : la nouvelle en est encore confidentielle mais l'Union Indienne a presque acheté le nouveau TGV pendulaire. En tout cas, il y a un mois, les négociations étaient très avancées, il ne restait pratiquement plus qu'à faire signer le protocole d'accord aux ministres concernés...

3 – L'assassinat de notre super vendeur pourrait être un coup d'un service étranger. Nous battions les Japonais et leur Turbo train, les Allemands et leur coussin d'air, les Italiens, les Américains, les Suédois... La mondialisation exacerbe la guerre économique jusqu'à des intensités jamais vues et il semble que tous les coups deviennent permis. Maillet n'avait aucun argent sur lui quand on l'a retrouvé, mais, bizarrement, ses meurtriers lui avaient laissé sa valisette Samsonite, qui contenait divers objets personnels.

4 – Jacques Maillet était le principal artisan de cette vente qui reposait sur des relations très anciennes qu'il avait dans le gouvernement indien (Il avait fait Sciences Po avec l'actuel ministre du commerce extérieur indien. Des vieilles amitiés qu'il met-

tait à profit pour vendre notre technologie...). Mais, les derniers temps qui ont précédé sa mort, les négociations semblaient inexplicablement traîner en longueur.

5 – Le Quai a immédiatement voulu expédier une de leurs équipes sur place. Pressentant cette réaction, New Delhi a envoyé une note très ferme prévenant que l'Inde ne tolérerait aucune ingérence sur son territoire. Les Indiens sont connus pour être jaloux de leur indépendance, méfiants à l'égard de l'Occident et susceptibles.

6 – Les Indiens affirment que l'assassinat de notre ressortissant n'est pas le fait d'un service concurrent mais qu'il s'agit d'une banale et sordide affaire de mœurs. Et ils n'ont peut-être pas tort. En effet, le cadavre de notre agent commercial a été retrouvé dans le quartier des travestis prostitués de Bombay. De plus, il a eut la pomme d'Adam transpercée par une brochette, ce qui, paraît-il, serait la méthode traditionnelle des règlements de compte entre travelos.

7 – Jacques Maillet était marié, un fils, deux filles. On lui savait du goût pour les jeunes bergères locales mais on ne lui connaissait pas d'homo ni de travestis dans ses relations extra conjugales. Il y a là une contradiction que les Indiens ne semblent pas vouloir remarquer, avait rajouté Baba au stylo rouge.

8 – Cette mission lointaine recèle des dangers de mort. Notre homme a été tué par un professionnel qui ne lui a laissé aucune chance. Il semblerait que nous soyons face à une bande de tueurs déterminés. Et vous n'aurez pratiquement aucune protection sur place.

9 – New Delhi a menacé d'annuler ses options et de faire capoter la vente du TGV si nos agents déboulaient en force. Violation de leur souveraineté nationale. Le Quai n'a pu que négocier en catastrophe deux visas pour deux flics français spécialisés dans les mœurs. Et encore, sans arme de service, avec obligation de réserve et disposant comme seul pouvoir le droit d'en référer à leurs collègues indiens…

10 – De leur côté, bien qu'elles soient conscientes qu'il faille éviter à tout prix l'incident diplomatique, les autorités françaises ne peuvent accepter ce crime sans réagir. Cela créerait un précédent d'une gravité extrême. La République ne peut tolérer l'élimination de ses meilleurs négociateurs sous prétexte de leur efficacité. Votre rôle consistera donc officiellement à assister la police du pays dans ses recherches, en évitant surtout de froisser les susceptibilités locales. Pas d'initiatives personnelles. Cherchez plutôt une collaboration fructueuse avec les policiers indiens.

En résumé, votre mission est de favoriser l'arrestation des assassins de notre attaché commercial sans gêner la vente du train. Pendant l'enquête la vente continue ».

Quand Boris eut fini de lire, Aimé prit l'air de celui qui se concentre sur le spectacle du hublot. Un imperceptible frisottis sur l'aile de l'avion, un simple trait plus clair vers l'est, annonçait l'aurore sur la Manche.

Aimé renifla et dit :

— Il me semble avoir entendu Baba *nous* appeler « ses enfants », toi *et moi*. C'est rare chez lui, non ?…

— Oui rare… reconnut Boris. Et si tu veux que je te livre le fond de ma pensée, ça ne me dit rien de bon…

Il s'arrêta et, en riant aux éclats sortit une clef de sa poche :

— Le *Neiman* de ma Honda ! Comment va faire Baba pour la mettre en sûreté ?

CHAPITRE IV

Drivni se mit à courir de toute la vitesse de ses jeunes jambes. Elle avait vu le diable et ne pouvait rester une seconde de plus dans l'air irrespirable de la suite 412. A moitié nue, vaguement enroulée dans un drap, elle s'engouffra dans l'escalier à tapis rouge et le dévala pratiquement sans toucher terre.

Abruti par des années de somnolence, le garde de l'étage en chandail et pantalon kaki de l'armée indienne la vit à peine passer. Puis, il entendit la voix paniquée de Ram Prem crier quelque chose en gujarati, où il était question d'arrêter quelqu'un. A ce moment surgit du bout du corridor Utam qui, apparemment, s'enfuyait.

Le garde n'écouta que son courage, qui était grand.

Il brandit son fusil du début du siècle et se mit en travers de la route du géant…

Le temps que Prem arrive en personne pour faire cesser le quiproquo d'un fantastique coup de gueule, la Déesse courait cinq étages plus bas, entre les colonnades du grand hall, sous les lustres étincelants de verre taillé.

Il y avait foule. Cette partie de l'hôtel, garnie de boutiques de luxe, est accessible à tous les Indiens dont la tenue est « correcte ». La plupart d'entre eux ne viennent qu'y rêver de fortune devant une tasse de thé dans une atmosphère feutrée si différente du reste de la ville.

La Déesse traversa le grand hall comme un météore.

Avant que les vigiles en civil n'aient eu le temps de réagir à cette stupéfiante apparition, elle avait déjà atteint le gros tambour de sortie. A cet instant Utam, surgit à l'autre extrémité du hall et se mit à hurler dans le tumulte général :

— *Stop her, stop that girl!* [1].

Mais personne ne pouvait bloquer l'inertie du lourd tambour de bois précieux en pleine rotation et Drivni Chain se retrouva dans Strand Road.

La rue qui longeait la mer était déjà luisante de pluie.

L'accoutrement de Kali dépoitraillée de Drivni Chain devenait moins remarquable dans une rue indienne habituée à voir passer des sadhous [2] et toutes sortes de saints hommes de diverses religions vêtus de simples bouts de tissus.

L'orage grondait encore et il tombait des hallebardes. Sans s'arrêter pour autant la Déesse continuait de courir à perdre haleine sur le trottoir. Elle avait conscience de quelque chose de terrible qui arriverait si elle était rattrapée. En état de choc, elle fonça d'instinct sous la Porte de l'Inde, l'arc de triomphe monumental sous lequel était passé le roi d'Angleterre dans les années vingt.

Ce monument historique au bord de la mer attire les paumés de la ville entière. Dans la journée, de nombreux rabatteurs, mendiants et touristes beaucoup moins fortunés que les clients du *Taj Mahal Hotel* flânent sur la place et prennent des photos. A bout de souffle, la Déesse se dissimula, accroupie dans un recoin d'une des deux petites voûtes latérales. Là seu-

1. Arrêtez-la, arrêtez cette fille!

2. Moines errants hindouistes.

lement elle commença à calmer les battements paniqués de son cœur. Mais ce fut pour éclater en sanglot, recroquevillée sur elle-même comme une enfant perdue. Qu'allait-elle devenir ? Où se réfugier ?

*

* *

John Hood, charpentier à Adélaïde, en Australie, bourlinguait en Asie depuis deux mois. La pratique quotidienne du surf dans son adolescence lui avait laissé un torse puissant, des reins cambrés et des bras musculeux. Célibataire de vingt-sept ans, blond aux yeux bleus et d'une taille avoisinant les deux mètres, il portait les cheveux très longs, à la mode californienne d'il y a plus de vingt ans.

Les économies de l'Australien commençaient à s'épuiser et, après une dernière virée au Népal, il comptait rentrer à la recherche d'un travail à Adélaïde dans une quinzaine de jours. Il n'y avait pas de chômage dans sa spécialité et il n'était pas trop inquiet.

C'était son premier grand voyage hors des frontières de son île-continent et il était un peu étourdi par le nombre d'images, d'aventures, d'expériences qu'il avait accumulées en si peu de temps. L'Inde l'avait sidéré par cette profusion de couleurs et d'odeurs qui mettait ses sens perpétuellement en éveil. La crasse l'avait étonné aussi, et l'ampleur de la misère, la foule dense, en permanence partout...

Ce soir, John Hood était ressorti dans les rues du quartier de Colaba, poussé par une incapacité quasi pathologique à rester dans sa chambre. A Bombay les hôtels étaient, de loin, les plus chers de l'Inde et John Hood avait dû se rabattre sur un « établissement » des plus modestes. Pouvait-on d'ailleurs appeler

« chambre d'hôtel » ce réduit construit de fragiles cloisons de contre-plaqué, un ventilateur asthmatique au plafond, un lit de cordes et pas de télévision ?

Ce début de soirée à Bombay était parfumé d'un mélange de gas-oil et d'épices. Et chargé d'électricité. Le cri de soulagement qui avait résonné dans les avenues à l'explosion de l'orage avait fait éclater de rire le jeune charpentier australien. Il avait ressenti comme une délivrance les premières gouttes de pluie sur son jean et sa chemise bariolée fluo de surfeur, déjà trempés de sueur.

Les trombes inimaginables qui avaient suivi deux secondes plus tard l'avait obligé à s'abriter sous la Porte de l'Inde. Même là, les rafales qui s'engouffraient sous l'arc grandiose étaient insupportables. Il chercha un meilleur abri. Sous la petite voûte de droite, un cul-de-jatte bossu, un homme tronc médiéval, lui sourit de toutes ses dents noires et John Hood s'éloigna, le cœur soulevé, après lui avoir glissé une pièce de cinquante païsas [1].

Sous l'aile gauche de l'arc de triomphe, John aperçu un tas blanchâtre, aplati dans un coin comme s'il avait voulu rentrer sous terre. Cette forme indécise recelait toutefois une attraction indéfinissable. Le sentant approcher, le tas informe releva la tête et laissa entrevoir un œil terrorisé. John Hood comprit que c'était une jeune fille apeurée, trempée.

Elle ressemblait d'avantage à une Chinoise qu'à une Indienne et reprenait son souffle avec peine. En se dressant, elle laissa échapper un sein émouvant, parfait.

« Quel gâchis ce pays, se dit John, une fille magnifique, tremblante et épuisée, dans la rue, enroulée dans un drap… »

---

1. Une demi-roupie, la roupie indienne est divisée en cent païsas.

Il voyageait seul et n'avait pas fait l'amour depuis la Thaïlande. Six semaines auparavant. Il n'était pas sans savoir que Bombay, comme tous les ports du monde, renferme de nombreux bordels mais leur sordide spectaculaire le rebutait.

— *Namasté*, lui lança-t-il. *Do you speak some english ?* [1]

— *Hotal kahan haï ?* [2] répondit-elle d'une voix haletante, le regard suppliant.

Et elle répéta *hotal, hotal*... En le désignant, *you*, toi, et se frappant la poitrine, *me*, moi.

Elle leva deux doigts écartés de sa main droite et les réunit avec la main gauche dans un geste expressif.

— Heu... *kitné païsa ?* [3] s'enquit John, prudent devant une proposition aussi directe.

— *No roupia !* promit la Déesse sur un ton de dignité froissée.

Le cœur de l'Australien fit un bond. « Après tout pourquoi pas... se dit-il. Cette fille perdue était si belle et si jeune... »

— OK. Viens avec moi lui fit-il signe.

Elle se leva et tout de suite se serra dans ses grands bras, s'y cacha, disparu sous sa massive silhouette. Elle se sentait éperdue de reconnaissance pour ce grand blond aux yeux si bons.

A peine arrivé dans sa sordide chambre avec sa conquête, l'Australien s'avisa soudain qu'il y avait des petits trous dans les cloisons branlantes. Les voyeurs n'allaient pas en perdre une miette...

---

1. Bonjour (ou au revoir). Parles-tu un peu anglais?
2. Où y a-t-il un hôtel?
3. Combien ça coûte?

Drivni Chain se cachait dans son drap maculé avec le plus de majesté qui lui était possible.

— Dis donc ! Mais c'est du linge du *Taj Mahal* ! apprécia John Hood. Si ça se trouve, tu es une poule de luxe, ma mignonne…

Il se parlait à lui même à haute voix sans se préoccuper qu'elle comprenne ou non.

— Tu n'es pas Indienne, tu viens d'où ? Moi : Australie, et toi ?

— Népal répondit Drivni.

Par geste et réinventant le langage des sourds-muets, ils arrivaient à communiquer. Mais à présent la fille s'était lancée dans une histoire terriblement compliquée.

— Un homme comme toi, mais plus vieux, tué, au *Taj Hotel*, la gorge transpercée, les méchants hommes me poursuivent, tentait-elle d'expliquer dans un sabir approximatif, à grand renfort de gestes. Je suis l'ex-Durga, la Kumari royale de Katmandou, et ma virginité a été réparée, je te préviens d'avance que tu ne fasses pas d'histoire…

« Elle est sûrement un peu folle, pensa l'Australien, mais tellement belle qu'on lui pardonne ».

Il la prit dans ses bras. Son corps était comme un rêve, « un ange songea-t-il, un ange dingue qui m'est tombé du ciel, un cadeau de dieu. »

En un instant son drap tomba et elle apparut nue devant lui.

— Mais tu n'as pas de poil du tout ! s'écria-t-il dans un sourire éclatant à la Kennedy qui illumina son visage bronzé.

Lui était encore habillé de son jean épais et de sa chemise bariolée.

La Déesse apprenait vite. Elle sentait que sa survie en dépendait. Aussi s'agenouilla-t-elle devant le jean bleu délavé, déjà tendu à craquer ses coutures et, un à un, défit les bouton de cuivre de sa braguette.

John Hood commença de gémir devant la certitude de son plaisir.

La fille ouvrit la bouche à se décrocher la mâchoire et avala son sexe massif, circoncis « pour l'hygiène », comme pratiquent souvent les protestants anglo-saxons.

John Hood saisit les grands cheveux noirs et lisses de Drivni dans ses larges mains de charpentier et lui fit bouger la tête d'avant en arrière. La fille paraissait dévouée mais pas très experte.

Mais autrement excitante que les gigantesques Australiennes d'Adélaïde, statiques et sans initiatives, blondes sportives et aseptisées, puissamment charpentées, et surtout nourries d'idées décourageantes sur la libération de la femme...

Le bassin musclé de John Hood était maintenant agité de soubresauts désormais incontrôlables. Il essaya désespérément d'arrêter la course folle de son membre enfoncé dans cette bouche pulpeuse mais les prémices de son plaisir se précisaient sans qu'il pût les réprimer.

Il articulait des phrases sans suite ni logique, en argot d'Adélaïde, sûr de ne pas être compris, et ces mots le mettaient en transe autant que la fille au visage délicieux, les yeux levés vers lui.

Drivni sentait le sexe du colosse blond devenir un morceau de pierre sur sa langue. Fermement agrippé à ses cheveux, les tirant légèrement il lui imposait son rythme de locomotive tout en bredouillant des borborygmes auxquels elle ne comprenait rien. D'ailleurs elle ne comprenait pas grand-chose à ce qui se passait. Sauf « l'essentiel » : la gorge tout à coup envahie d'une énorme quantité de liquide brûlant et salé, elle ne put retenir une nausée, un accès de toux qui la rejeta en arrière.

A cet instant quelqu'un bougea derrière la frêle cloison, ramenant John Hood à la réalité sordide qui l'entourait. Une pulsion de violence le submergea, l'envie de cogner sur quelque chose ou, plutôt sur quelqu'un. Mais il se contint et, après quelques minutes, ressentit même une espèce de fierté inavouable de savoir sa performance appréciée par des connaisseurs sans doute avertis : ce soir, le pudibond Australien se sentait gagner par la délicieuse décadence asiatique. Alors dans un mouvement de seigneur et maître, il se laissa tomber sur le *charpoy*[1], entraînant la Déesse contre lui.

Cette fellation rapide n'avait pas épuisé sa vigueur et il sentit son désir remonter pour cette fente étroite, dépourvue du moindre duvet qui l'avait tellement excité quand il l'avait aperçue tout à l'heure.

Ce soir tout était possible et cette jeune inconnue tombée du Nirvana lui faisait tourner la tête. Il se mit à penser à des dépravations que son éducation rigide lui avait jusque-là interdites. John Hood caressa l'entrejambe inondé de la Déesse et sa main s'aventura jusqu'à l'entrée de ses reins. D'abord avec prudence, puis franchement. La petite Népalaise frissonnait de plaisir, se tordait sous ses doigts...

Drivni était d'une profonde naïveté mais se rappelait les leçons de Birla, le proxénète de Katmandou. « Par devant et par derrière », lui avait-il expliqué.

Pourtant, lorsque les caresses de l'Australien se firent plus précises, elle commença par se cabrer.

---

1. Lit bas traditionnel fait d'une toile maintenue et tendue par des cordes à une structure de bois.

Attentif, John prit le temps d'attendre qu'elle s'apaise et se détende. Pour finir, il l'attrapa dans ses deux bras puissants et la souleva sans le moindre effort, comme une plume. Il la retourna sur le *charpoy* au tissu rêche, écarta les deux lobes parfaits.

Lui-même n'en revenait pas de son audace.

Se dirigeant d'une main, il commença de forcer le passage très étroit. La Déesse crut s'ouvrir en deux et ne put retenir un cri.

Mais, d'instinct, John évita au début les allers et retours trop énergiques, s'immobilisa au contraire un long moment au plus profond d'elle-même.

Drivni Chain ne s'était jamais senti aussi remplie. Elle n'aurait pu imaginer une sensation pareille. Sa bouche était ouverte sur un cri muet. La brûlure atroce des premiers instants se transformait lentement en une joie perverse. Maintenant, elle avait vraiment l'impression d'être dépucelée.

Se sentant toujours observé par les voyeurs, l'Australien ressentit à nouveau une honte qui le fit rougir. Il balaya ce sentiment en donnant un grand claque dans la cloison qui ébranla tout le couloir.

Agrippé à ces hanches qui furent de divins objets de culte, il se sentait monter au septième ciel sans avoir besoin de faire un mouvement. Car la Déesse commençait à se crisper involontairement autour de lui. Il comprit confusément mais avec certitude que c'était la première fois pour elle aussi. Alors il osa bouger délicatement et ses ongles s'enfoncèrent dans les hanches qu'il tenait fermement.

Petit à petit, leurs mouvements timides devenaient une chevauchée fantastique, affolées par une joie sauvage.

La Déesse était stupéfaite des sommets atteint par son plaisir, la houle qui agitait son ventre montait encore et encore, droit vers le paradis. Qu'allait-elle découvrir au bout de cette délirante étreinte ?

Soudain, lâchant ses hanches, John se pencha en avant et lui saisi les pointes dressées de ses seins entre le pouce et l'index.

Ce fut le déclenchement.

Pour la première fois de sa vie, une onde immense la traversa toute entière. John Hood vit la peau mate de la Népalaise se couvrir de gouttelettes de sueur et, sans qu'elle en soit consciente, elle hurla une plainte démente.

Et il ne furent plus, sur la toile rêche du *charpoy*, que les deux complices de ce qu'on appelle depuis l'origine du Temps : le péché de la chair…

*
* *

Pendant ce temps, de plus en plus fous de rage à mesure que le temps passait, Prem et Utam continuaient à sillonner Bombay à la recherche de la Déesse.

A la sortie du *Taj Mahal Hotel*, sur Strand Road noyée de pluie, ils n'avaient pas pensé à la Porte de l'Inde toute proche. Les habituels rabatteurs à touristes, qui habitaient pratiquement devant le palace, avaient été dispersés par les cataractes de la mousson. Personne n'avait pu leur indiquer la direction prise par Drivni.

Arpentant en vain les rues de Colaba, écarlates de fureur et trempés, ils avaient fini par décider qu'elle était probablement retournée à Falkland Road, le quartier des prostituées d'où elle venait.

Arrivant du Népal, Drivni avait en effet passé ses premières nuits à Bombay dans un bordel où Utam était passé la chercher cet après-midi même. Comme une denrée très précieuse, elle avait été mise à l'abri, confiée à une mère maquerelle des relations de Prem.

— Je ne vois pas d'autre explication, grommela ce dernier, à cran. Elle a dû prendre le double-decker [1] n° 8 à Electric House, il est direct jusque là-bas. On s'en occupera tout à l'heure. Il faut d'abord faire disparaître le corps du Français.

Prem et Utam étaient donc revenus dans la suite 412, charger Maillet, cette fois tout à fait mort, dans un chariot à linge prêté par l'hôtel. Prem avait distribué des pourboires royaux à une bonne moitié du personnel, directeur en tête, et personne n'avait posé de question.

Dans le parking souterrain, les deux hommes avaient mis le cadavre dans le coffre de la voiture de Prem, une grosse Ambassador, la marque nationale (en fait une Austin des années cinquante construite sous licence).

Non sans mal : Maillet était mort crispé sur la poignée de sa Samsonite…

Après avoir vérifié que la valisette ne contenait ni argent ni objet compromettant, Prem et Utam avaient décidé de la lui laisser. De toute façon, il fallait bien se débarrasser *aussi* de la mallette. En plus, avec un peu de chance, avait décrété Prem, un petit voleur allait s'en emparer et serait ensuite accusé du meurtre.

Les trombes d'eau qui s'abattaient toujours sur la cité les avaient aider à se débarrasser du corps dans une impasse particulièrement obscure du quartier des travestis, pas très loin de Falkland Road. Dans ce quartier extrêmement mal famé, la police avait l'habitude de conclure rapidement à un règlement de compte entre prostitués et clients.

---

1. Gros bus rouges anglais à étage revendus à l'Inde.

Au préalable ils avaient soigneusement effacé leurs empreintes sur la Samsonite, fouiller les poches du mort et pris toutes les précautions possibles au moment du largage du corps dans la nature. L'Ambassador de Prem arborait une immatriculation diplomatique, mais il disposait aussi d'un jeu de fausses plaques minéralogiques, interchangeables en un instant grâce à du scotch double face. Pour l'opération largage, à la discrétion délicate dans un pays surpeuplé, Prem avait préférer les utiliser.

Quand ce fut fini, ils ressentirent un intense soulagement, et la satisfaction du « devoir accompli », y compris dans ses moindres détails : car, sur les conseils soi-disant amicaux de Prem, Maillet avait réglé sa suite d'avance, et inscrit une identité fantaisiste sur sa fiche. De toute façon, il n'y avait aucun problème vu les complicités dont Prem disposait dans l'hôtel. Ainsi, tout était parfait, Prem l'aurait parié à dix mille roupies contre une...

Seul grain de sable dans la machination, Drivni était toujours dans la nature. Et il fallait absolument la retrouver. Et l'éliminer.

A grand coups d'avertisseurs, Utam enfonça comme un coin de bûcheron l'Ambassador en plein milieu de l'embouteillage permanent du quartier chaud de Falkland Road, seule zone de Bombay où la Népalaise avait pu trouver refuge.

Au milieu de la nuit, des vendeurs ambulants proposaient des batteries de cuisine, des remèdes de charlatan, des dessous féminins, des préservatifs épais, des revues froissées, des stylos secs... Des porteurs d'eau déambulaient, chargés d'outres en peau de chèvre. Des livreurs de glace, la tête recouverte de sacs de bure comme des moines, charriaient de véritables petits icebergs de cinquante kilos.

Bientôt apparurent les légendaires « cages », ainsi nommées parce que, dans les échoppes indiennes traditionnelles, la « vitrine » est remplacée par des barreaux, aussi les filles qui proposent leur corps dans ses sortes de « magasins » ont l'air d'être mises en cage.

Une foule ininterrompue d'hommes, jeunes ou vieux, en chemisettes à rayures et pantalons blancs, défilaient devant elles.

Violemment maquillées, vêtues de sari aux couleurs éclatantes, certaines d'une beauté stupéfiante, les filles racolaient les clients et parfois les agrippaient carrément par la manche à leur passage. Aux étages supérieurs, des grappes de prostituées étaient assises au bord des fenêtres et hélaient les hommes qui grouillaient dans la rue…

Les prostituées les plus jeunes, quelquefois onze ou douze ans, n'étaient pas autorisées par la loi à travailler en maison. Mais, paradoxalement, ces enfants se retrouvaient dans des conditions de liberté et d'indépendance qui rendaient leur vie plus dure encore, à dormir et draguer dans la rue ou devant les queues d'attente d'un des trois cinémas géants de Falkland Road.

Au passage de la grosse voiture noire, les filles des cages, – les plus effrontées parce que sans arrêt insultées –, relevaient leurs jupes et faisaient des gestes obscènes pour attirer l'attention de Prem assis à l'arrière, derrière ses vitres teintées.

Au coin des rues, des vieilles femmes cuisinaient des grosses marmites de riz pour quelques noctambules affamés. Des petites prostituées de la rue dormaient déjà, blotties les unes contre les autres dans les recoins de multiples impasses. La plupart d'entre elles, à peine débarquée de la campagne, étaient raflées au cours de descentes que la police lançait certaines nuits. Emprisonnées quelques jours, elles retrouvaient à leur sortie, un peu plus aguerries, un peu plus professionnelles aussi, le bout de trottoir où elles passeraient le reste de leur brève existence. A minuit, il se dégageait de toute cette misère offerte une émotion étrange qui paraissait laisser indifférents Prem et Utam, le visage crispé, tendus vers leur but.

En passant devant l'*Olympia Café*, brillant de miroirs et de boiseries lustrées, Prem fit arrêter l'Ambassador au milieu de la rue et ordonna à Utam d'aller se renseigner auprès de la clientèle.

Une radio criarde geignait une mélopée sirupeuse. L'établissement était bourré de souteneurs de tous âges, les cheveux gominés et d'une élégance tapageuse. Sur des tables de marbre, des groupes d'hommes jouaient des paquets de roupies aux cartes. Véritable caricature, certains portaient des gilets et vestes de la couleur des vrais maquereaux, écaille de poisson.

Utam interrogea les uns et les autres mais personne ne put lui fournir le moindre indice. Alors qu'il allait partir, un vieux rabatteur l'aborda et prétendit avoir aperçu une jeune fille à moitié nue enroulés dans un drap, courir dans la rue et rentrer dans le *522*, un bordel à quelques rues de là.

La description qu'il fit correspondait à Drivni. Utam lui remit un billet de dix roupies. Mais cette information pouvait être capitale comme se révéler une affabulation délirante d'un vieux fou ivre de faim et de manque de sommeil.

Utam revint vers la voiture, maintenant assiégée de mendiants et de gosses.

Il redémarra en force pour se dégager des curieux

mais ne roula que trois rues plus loin. Il gara la voiture et siffla un vieil homme en *kurta* traditionnelle grisâtre, un Intouchable, qui paraissait habiter à ce coin de rue.

— Eh baba, approche, lui dit-il en lui lançant une pièce d'une roupie. Tu vas garder la voiture. Tu en réponds comme de ta vie.

Avant de descendre, Prem prit la précaution de chausser une paire de lunettes de soleil et de coiffer une casquette enveloppante de coupe anglaise. Avec tous ses passages à la télévision quand il était ministre, et à l'occasion de son incarcération quelques semaines, l'année dernière, son visage était devenu fort populaire en Inde. Mais d'habitude personne ne l'identifiait sous ses lunettes et sa casquette.

Les deux hommes s'engouffrèrent dans un bordel à gros numéro rouge, le 522, plus huppé et discret que les bouges spectaculaires de Falkland road.

Kapila – ou plutôt Miss Kapila, comme elle aimait qu'on l'appelle – était de religion musulmane, avait cinquante ans et pesait cent quarante kilos pour un mètre soixante-dix. Vendue par sa famille, elle avait été, de treize à trente ans, la prostituée la plus recherchée de ce quartier de Bombay.

Bisexuelle et intelligente, Kapila n'avait pas cessé, au cours de sa première carrière, de s'intéresser spontanément aux nouvelles prostituées qui ne cessaient d'affluer des campagnes environnantes. Elle les dirigeait, les rassurait, les formait, gérait leurs gains et leur vie, traduisait les différents dialectes et se dépensait pour arranger tout le monde, les filles, les clients, les souteneurs... C'est tout naturellement qu'à son trentième anniversaire le parrain du quartier, au lieu de la renvoyer dans son village avec un petit pécule comme une fille ordinaire, l'avait nommé mère maquerelle d'un des établissements les plus prestigieux de son district, le *522*. Celui-ci était fréquenté par des Indiens de la bourgeoisie moyenne, des matelots grecs et yougoslaves en bordée et même, parfois, des Arabes du Golfe en voile et longue robe blanche immaculée.

Depuis qu'elle était maquerelle, Kapila ne s'habillait plus qu'en sari et doti, très digne, laissant voir un morceau de son ventre nu et boursouflé, la preuve de sa prospérité.

La maison marchait bien sous sa férule. L'attention qu'elle portait à *ses* protégées faisait que beaucoup désiraient travailler pour elle, se transmettaient son adresse dans les villages avant de monter à Bombay. Mais son succès avait créé des jalousies, on lui reprochait notamment d'accaparer le marché, d'en vouloir toujours plus et de dresser les filles contre les proxénètes brutaux.

Elle connaissait Prem bien sûr, l'avait même souvent rencontré pour affaires mais elle ne l'aimait guère, en dépit des poignées de roupies qu'il distribuait certains soirs.

Une relation d'affaires plus qu'un véritable ami : Kapila le vit surgir à cette heure tardive avec un déplaisir visible. Elle ne s'attendait à ne voir que son chauffeur, Utam, ramener la petite Drivni Chain le lendemain en fin de matinée. Le fait que Prem débarque en personne la nuit même était le signe que quelque chose n'avait pas fonctionné comme prévu.

— Où est-elle ? demanda immédiatement Prem sans s'embarrasser de courtoisies en pénétrant d'un pas décidé dans le salon des « défilés », meublé de canapés et surchargé de tissus chamarrés.

Il y avait même un harmonium et des *tablas*[1] près de la fenêtre entourée de carrelage.

— La Déesse ? Mais elle n'est pas là. Elle était avec vous, Utam est passé la prendre tout à l'heure pour la nuit…

— Tu mens, rugit Prem cramoisi. La Déesse s'est sauvée du *Taj Mahal*. Et quelqu'un l'a vue rentrer chez toi, au *522*. Où veux-tu qu'elle aille ailleurs ?

Miss Kapila se raidit :

— Vous avez perdu la Déesse, vous l'avez laissée filer ; et ce devrait être de ma faute ? Sa valeur est grande, elle est perdue dans la ville, il faut me la retrouver, tout de suite !

— Tu en parles comme si elle était à toi, répliqua Prem, cette fois les yeux hors de la tête. Mais c'est moi qui l'ai achetée à Birla le Népalais.

— Sur mes conseils, répliqua sèchement Kapila.

— Tu veux te l'approprier ! hurla Prem, la faire travailler pour toi, tu la caches ici j'en suis sûr, tu lui a monté la tête comme aux autres…

Kapila n'osa pas contredire trop violemment une personnalité comme Prem.

— Tu t'égares, reprends tes esprits, la fille que tu cherches n'est pas ici, je te jure sur Kali…

— On commence à connaître tes procédés de grosse lesbienne avide, Kapila ! glapit l'ancien ministre. J'ai été indulgent jusque-là parce que tu m'amusais. Mais aujourd'hui ce n'est plus pareil, il me faut la Déesse, immédiatement, il y a des choses que tu ne peux pas comprendre, il me la faut ! Utam, fouille partout !

— Tu ne peux pas rentrer dans les chambres à cette heure, il y a plein de clients, beugla Kapila à son tour. Je te l'interdis. Sors de chez moi, Prem !

---

1. Percussions indiennes.

A ces mots, l'eunuque massif qui assurait la sécurité du *522* fit un pas en direction de Prem. Mais une matraque apparut dans les mains de Utam et la seconde suivante l'eunuque s'écroulait avec le bruit d'un sac de viande jeté sur le plancher.

— Ah c'est comme ça que tu le prends ! articula Prem, jamais personne ne m'a parlé de la sorte. Utam attrape-la !

Utam saisit la grosse femme par les bras et les ramena en arrière.

Kapila se mit à brailler de toute la puissance de sa voix criarde :

— Je suis protégée, ça ne se passera pas comme ça. A moi les filles !

Ce fut l'alerte générale.

Entendant leur « mère » crier de la sorte, des prostituées jeunes ou vieilles, monstrueuses ou magnifiques sortirent soudain de tous les coins, en pleine hystérie. Le petit immeuble en bois de trois étages à l'atmosphère feutrée (la plupart des filles étaient en main ou avaient fini leur soirée) se retrouva d'un coup grouillant de panique. Toutes les portes claquaient, des clients surgissaient, plus ou moins dévêtus, se rhabillant et croyant à une rafle, n'en revenait pas qu'on les laisse s'enfuir. Des marins en plein coït une minute auparavant reboutonnaient leur vareuse bleue en se précipitant vers la sortie.

Bientôt il ne resta plus dans le salon que les cinq filles attitrées, les « permanentes ». Toutes les autres, les indépendantes chargées de famille qui formaient le gros du bataillon, celles qui avaient l'habitude de louer au *522* une chambre pour une heure, avaient pris la fuite.

Utam maîtrisait toujours la maquerelle pachydermique, les deux bras dans le dos.

— Je répète : OÙ est la Déesse ? demanda Prem en se rapprochant à deux centimètres du large visage de Kapila, crispé de haine.

— Je répète moi aussi : je l'ignore, siffla-t-elle. Maintenant que tu as semé ta zone dans toute ma maison, tu peux chercher partout, je m'en moque.

— Utam, occupe-toi d'elle, articula lentement Prem d'une voix neutre.

Trois minutes plus tard, le temps de rafler toutes les filles et de les pousser sans ménagement à la cave, Prem se laissa aller dans un divan de la dite cave et sourit, satisfait : devant lui, suspendue par les poignets au plafond, Miss Kapila... Un peu haletante mais ses petits yeux porcins posés sur Prem, avec une incroyable fierté dans sa situation.

— Maintenant, tu vas me dire où tu as caché Drivni lui lança-t-il.

— Même si je le savais je ne te le dirais plus. Qu'est-ce que tu vas me faire, me torturer ?

— C'est possible, dit Prem en se rapprochant. Ne m'oblige pas à le faire, tu le regretterais.

Kapila lui cracha en plein visage.

Rendu fou de colère, Prem lui arracha son sari surchargé d'enluminures dorées, puis déchira son jupon de coton blanc, son soutien-gorge, sa large culotte rose...

La maquerelle apparut dans toute sa nudité de pachyderme, flageolante de graisse. Elle n'était plus revêtue que de ses bracelets de verre dont la moitié étaient cassés, de sa montre monumentale et de deux anneaux d'argent autour de ses orteils.

Prem défit lentement sa ceinture de buffle en la regardant dans les yeux, une lueur sadique s'allumant dans son regard.

— Je vais te fouetter jusqu'à ce que tu me dises où est la Déesse. Dans une minute tu m'imploreras d'arrêter, tu regretteras de ne pas être déjà morte. C'est ça que tu veux ?

— Va au diable, Prem !

Joignant le geste à ses menaces, il lui abattit sa lanière sur ses seins flasques de toutes ses forces. La grosse tenancière hurla, les filles couchées sur le sol crièrent et voulurent se lever mais Utam distribua quelques paires de claques et elles ne bronchèrent plus.

La marque de la ceinture apparaissait peu à peu, rouge et atrocement nette, en travers de la poitrine affaissée.

— Où est la Déesse ?

Alors, sur un rythme d'enfer, Prem continua de frapper. Partout...

Le corps zébré de marques pourpres, Kapila ne disait mot... Seul un gémissement rauque ponctuait chaque sifflement de lanière.

— Où est la Déesse ? répétait Prem sans cesser de cingler les chairs torturées.

Puis il modifia son rythme, rendant les coups imprévisibles. Un peu essoufflé, il s'arrêta un instant, comme soûlé, et désigna Asha, la plus belle des prostituées, celle à la mine innocente.

— Toi, viens-là. Tu vas me caresser avec ta bouche pendant que je vais faire parler ta patronne.

Asha la superbe était paralysée de terreur.

Utam dut la pousser d'un coup de pied pour qu'elle se lève. Prem l'attrapa au collet et lui arracha tout le devant de son sari de soie fragile. Ses seins divins, dans la perfection de leur grâce épanouie, apparurent sous la faible lumière. Cette jeune paysanne torse nue était d'une beauté stupéfiante qui jurait avec le spectacle ignoble de cette cave sordide aux murs lépreux.

— Vas-y, et applique-toi bien si tu ne veux pas être fouettée toi aussi.

— Où est la Déesse ? reprit Prem après quelques instants de plaisir absolu, levant de nouveau sa ceinture.

La lanière atteignit la maquerelle sur le renflement du pubis et elle eut un long cri rauque suivi de balbutiements dépourvus de sens.

Prem commençait d'être convaincu de la sincérité de Kapila.

Mais il voulait être sûr.

Il se déchaîna sur le corps difforme attaché devant lui. Les coups pleuvaient, sifflaient sans même qu'il pose et repose sa question. Kapila tournoyait, tressautait comme une chèvre. Elle avait cessé de crier à présent ; un râle s'échappait de ses lèvres entrouvertes d'où pendait un filet de bave. Puis, soudain, sa tête s'affaissa sur le côté, ses jambes fléchirent. Elle venait de s'évanouir....

Maintenant, Kapila pendait à sa chaîne. Immobile. Evanouie...

Prem poussa un juron entre ses dents : elle n'avait pas parlé...

— Salope, grinça-t-il avec un brin d'admiration dans la voix. Aller, on s'en va, on perd notre temps...

Dehors, ils retrouvèrent la rue dans un nouveau décor : il était deux heures du matin, fort tard pour un pays où la plupart des habitants se couchent avec le soleil. Mais, loin de se vider, les trottoirs, la chaussée même s'étaient au contraire remplis de dormeurs. Ils étaient des centaines de milliers dans ce quartier, des gosses, des femmes, des vieillards et des amants, allongés par terre sur des nattes, sous des feuilles de plastique, quelquefois sur des lits de cordes. Il y avait même des employés de bureau en chemisette et attaché-case. Ils avaient transporté leur lit hors de leur maison aux murs surchauffés le jour par le soleil…

Quand ils eurent retrouvé l'Ambassador, Utam n'eut pas besoin de demander à son patron quelle direction prendre : leur seule chance de remettre la main sur Drivni était de chercher un indice du côté du *Taj Mahal Hotel*...

Mais cette chance était mince.

Dans le rétroviseur, la gueule que faisait Prem était celle, dure comme du granit et les yeux chauffés à blanc, du type qui cherche une aiguille dans une botte de foin. Et qui sait, avec une certitude absolue et lancinante que, s'il ne la retrouve pas, et très vite, son futur immédiat s'appellera : trou noir.

CHAPITRE V

Le grondement diffus des quatre gros réacteurs berçait le sommeil paisible d'Aimé Brichot depuis déjà plusieurs heures. Par le hublot défilait un superbe paysage de mer de nuages ensoleillée, tellement écrasée de lumière aveuglante qu'on aurait dit une photo surexposée.

Aimé et Boris avaient consulté avec soin le dossier Maillet, puis avaient essayé de se plonger dans la « Synthèse sur l'Union Indienne depuis 1947 ».

Aimé n'avait pas tardé à s'assoupir...

Quant à Boris Corentin, si son attention pour le document donné par Charles Badolini s'était vite relâchée, il ne s'en était pas pour autant endormi comme son collègue. Pour la centième fois depuis le début de leur vol, son regard s'était reporté sur les formes plutôt « attractives », comme disent nos amis Anglais, de l'Indienne en tailleur Chanel assise seule, à deux fauteuils vides à sa droite dans l'allée centrale du Boeing 747. Ce grand connaisseur du beau sexe s'était dit que, décidément, ces filles fines et brunes, à la peau mate, aux yeux sombres et profonds, aux longs cheveux lisses et très noirs recelaient un charme, un magnétisme que ne possèdent que les Indiennes dans le monde.

Boris lui attribuait entre vingt-six et vingt-sept ans. Ses longs cheveux étaient remontés en chignon et elle se tenait droite, un peu compassée, dans une attitude empreinte de fierté nationale où perçait une pointe de distinction toute britannique...

Après leur décollage de Londres, l'Indienne magnifique avait lu le *Times Magazine* de la semaine mais, à présent, ses grands yeux en amande s'étaient perdus dans le vague. Son tailleur parme assez ajusté laissait deviner une poitrine conséquente pour la finesse de sa taille et de ses attaches. De profil, son petit nez droit, son front haut et l'ourlet délicat de sa lèvre inférieure avait quelque chose d'affolant.

Sentant qu'elle était observée, elle se tourna soudain vers le solide gaillard installé à sa gauche. C'est elle qui lui sourit la première avec simplicité, et lui demanda dans la langue de Molière :

— Vous êtes français n'est-ce pas ?

L'éclat de ses yeux noirs et son sourire étaient si éclatants, la façon dont elle l'avait abordé était si naturelle que Boris Corentin sentit son cœur s'emballer dans sa poitrine.

— Heu... Comment l'avez-vous deviné ? Mon ami et moi sommes montés dans cette avion à Londres, en même temps que vous même, si je ne m'abuse...

— Mais monsieur...

— Boris Corentin, pour vous servir.

— Sushila Taba, enchantée... Monsieur Corentin donc, ignoriez-vous que les Français se reconnaissent immédiatement pour qui a voyagé un peu de par le vaste monde ? Un « je-ne-sais-c'est-quoi » qui les signalent infailliblement, dans leur morphologie peut-être. Encore que, de ce côté-là, votre ami soit plus français que vous-même, si je peux me permettre...

Recroquevillé dans son coin près du hublot, Aimé Brichot avait imperceptiblement levé une paupière et s'était empressé de la refermer en songeant : « sacré Boris… on le tire en catastrophe d'un lit pour le jeter dans un avion en route pour l'autre côté de la planète et trouve encore le moyen de draguer. »

— Je peux ? demanda Boris à Sushila.

Et comme elle acquiesçait en retirant le *Times* hebdomadaire, il se décala de deux sièges sur la droite afin de s'asseoir près d'elle en disant :

— Votre français est vraiment excellent, et sans accent.

— Ma mère est de Pondichéry… [1]

Dans un demi-sommeil, Aimé amusé entendait Boris expliquer que son ami et lui travaillaient « dans l'import-export ». La mémoire d'ordinateur de sa flèche lui permettait de broder avec assurance sur pratiquement tous les sujets.

— Savez-vous que de plus en plus de vos compatriotes achètent nos vins et spiritueux, le champagne notamment…

Sur ce coup-là, Boris était d'autant plus à l'aise qu'il venait par hasard de parcourir ce sujet dans la « synthèse » qui paraissait avoir assommé Aimé plus sûrement qu'un barbiturique.

— Ça doit être passionnant de représenter le champagne, apporter la joie, la fête…

Boris brûlait d'envie de lui demander ce qu'elle faisait dans la vie. Bien qu'il lui semblât aller de soi qu'une jeune femme de sa classe ne fasse rien d'autre que suivre la meilleure saison partout dans le monde à coup de jet. Rio, Bali, Maurice, Londres en été pour la fraîcheur…

C'est elle qui spontanément éclaira sa lanterne.

— Je suis fondatrice et présidente d'une NGO

1. Ancien « comptoir » français de l'Inde.

humanitaire annonça-t-elle, commettant sa première faute de français.

— Vous voulez dire une ONG rectifia Boris, une Organisation Non Gouvernementale, dans l'humanitaire ?

— Oui c'est cela, excusez-moi, une ONG consacrée à l'éducation des orphelins de Bombay.

— C'est pour cette raison que vous vous y rendez en pleine mousson ?

— Vous savez, répondit-elle en souriant de toutes ses dents éblouissantes, je suis née à Bombay et j'y habite toute l'année. Je me suis juste rendue en Europe deux semaines, afin de collecter des fonds pour mon association.

Boris commençait à se dire qu'il existait des probabilités raisonnables d'entente cordiale avec cette distinguée voisine de long-courrier.

Dans l'indifférence générale, les hôtesses et stewards avaient entamé la projection d'un film dont on pouvait, en chaussant des petits écouteurs, suivre les dialogues dans dix langues différentes au choix. Mais la banalité obligatoire d'un tel film conçu pour plaire à tout le monde faisait qu'il n'enthousiasmait personne.

Sushila et Boris continuèrent donc de parler et de faire connaissance durant toute la projection sans s'en soucier le moins du monde.

Quand elle fut terminée, le soleil se couchait déjà. Volant vers l'Est, ils allaient à la rencontre de la nuit.

Aimé s'éveilla soudain et demanda en ouvrant les yeux avec une mine égarée qui fit rire Sushila et Boris :

— Où sommes-nous ?

— Je te présente Sushila Taba, qui habite Bombay, lui répondit Boris en adressant un clin d'œil au policier français. Sushila, voici Aimé Brichot, mon collègue à la Mondial import, qui m'accompagne dans ce voyage... Quant à te dire où nous sommes, eh bien regarde.

Le film inepte terminé, l'écran de cinéma au centre de l'énorme cabine du Jumbo affichait un planisphère sur lequel progressait lentement un petit avion. Depuis l'installation de ce nouveau système, il était aisé de suivre le chemin parcouru, de savoir quels pays et quelles villes on survolait.

Sushila, Boris et Aimé constatèrent qu'ils étaient déjà passés au-dessus de la Belgique, Luxembourg, Allemagne, Autriche, Hongrie, Roumanie, Turquie, Irak, Iran et Pakistan. Ils survolaient la Mer d'Oman à 940 km/h et allaient atterrir à Bombay dans trente minutes. Le commandant annonça qu'il serait vingt-deux heures à Bombay et amorça, dans le noir complet à présent, la grande descente de vingt minutes qui allaient les amener de dix mille mètres d'altitude au niveau de la mer.

Dès la porte de l'avion franchie, après l'atterrissage, on comprenait ce que veut dire débarquer sous les Tropiques.

Instantanément, les chemises de Boris et Aimé se collèrent à leur peau. On avait beau s'y attendre, il était impossible d'imaginer une chaleur aussi moite, saturée d'humidité pénétrante, brûlante, et à dix heures du soir !

— Fait-il toujours aussi chaud ? Je croyais que c'était la mousson... demanda Aimé à Sushila.

— Il fait encore beaucoup plus chaud les nuits d'été.

— Et... c'est quand « l'été » ?

— Mai, et surtout juin.

L'air sentait un mélange de mille parfums capiteux. Auquel se superposait l'odeur âcre du kérosène.

Des centaines d'habitants de Bombay venus chercher leurs parents à l'aéroport s'agglutinaient derrière une gigantesque baie vitrée. Ça faisait presque peur de voir cette foule muette, comprimée derrière cette vitre avec une densité inhabituelle en Europe, héler les voyageurs et faire de grands signes pour attirer leur attention.

— Je vais vous guider pour la douane, proposa Sushila. C'est la moindre des choses de vous accueillir dans ma ville, ajouta-t-elle avec une générosité très aristocratique.

Mais qui pouvait aussi se lire comme le début d'un sentiment pour Boris. Ce qui n'échappa pas à cet incorrigible coureur de jupons.

— Mon ami et moi n'avons aucun bagage, avoua Boris, parce que… nous devons tout acheter sur place. C'est la règle chez les cadres de Mondial Import en déplacement extérieur. Afin de mieux nous insérer dans la population, et briser notre coquille, notre routine, vous comprenez ?

Sushila elle-même ne transportait qu'un sac de sport léger.

Ils prirent leur tour dans l'interminable queue de la douane.

Quand, enfin, les formalités furent réglées, Sushila demanda :

— A quel hôtel résidez-vous ?

— Le *Taj Mahal Hotel*, répondit Boris se rappelant que Badolini leur avait demandé de descendre dans cet établissement où il allait les appeler.

— Très bien, dit Sushila, il se trouve non loin de la Porte de l'Inde, l'endroit idéal pour un premier contact dans ce pays. Et, d'autre part… ajouta-t-elle en hésitant un peu, j'habite à Colaba, le même quartier…

C'en était trop pour Boris.

Il ne put s'empêcher d'effleurer sa main comme par mégarde. Sushila la serra une poignée de secondes et le cœur de Boris s'accéléra. Maintenant il savait : les Indiennes n'étaient pas fondamentalement différentes des autres femmes. Et son charme opérait ici aussi.

— Et maintenant, en avant dans la fournaise ! dit Sushila souriante en prenant la tête du trio.

Ils passèrent une dernière porte à double battants, gardée par des policiers en arme.

De l'autre côté, une incroyable foule de petits vendeurs, de rabatteurs d'hôtel et de chauffeurs les attendait. Ils furent assaillis, agressés, interpellés, une cohue inimaginable qui criait, glapissait, s'agrippait à leurs manches...

Mais avec la douce et déterminée Sushila comme guide, tout devenait simple et rapide. Ils s'installèrent dans un taxi, une grosse Ambassador noire et jaune et quittèrent les abords de l'aéroport.

La chaussée de l'autoroute, déjà à moitié défoncée, était en outre en partie inondée par les trombes d'eau qui visiblement venaient de s'abattre sur Bombay ; de larges flaques giclaient au passage de leur voiture comme des geysers.

La grosse Ambassador avait remonté une trentaine de kilomètres de cabanes indistinctes qu'il fallait bien appeler bidonville. Quelques immenses panneaux publicitaires tentaient de les masquer à la vue des visiteurs arrivant de l'aéroport international Sahar.

— Ils roulent à gauche, évidemment... fit remarquer Aimé, à qui rien de ce qui était *typically british* n'échappait...

— Finement observé, plaisanta Boris. Tu es un véritable Sherlock Holmes !

La profusion de fils électriques était incroyable. Un entrelacs inextricable suspendu à des poteaux en bois dont certains étaient à moitié renversés. Sur la voie express, en rentrant dans la ville proprement dite, ils virent leurs premières vaches à bosse. Elles dormaient sur la chaussée et les voitures les contournaient avec soin.

Les grandes avenues bordées d'immeubles victoriens étaient encore encombrés de taxis, de Vespa à trois roues, pétaradants, de bicyclettes noires et de camions antédiluviens.

— Regarde, Boris, ils ont des bus rouges à impérial comme à Londres ! s'écria Aimé.

Et c'était vrai qu'ils avaient l'impression de rouler dans les avenues d'une copie tropicale et, il faut bien le dire, un peu bordélique de la capitale britannique.

D'un coup, ils furent devant la mer. Au loin, à l'horizon, les éclairs d'un orage silencieux déchiraient par intermittence une masse compacte de nuages d'un noir d'encre.

— Marine Drive, dit Sushila. Il va peut-être encore pleuvoir.

— Il a plu beaucoup ici… en fin d'après-midi, dit le chauffeur, très fier de son anglais.

La route suivait à présent le contour arrondi d'une plage bordée de blocs d'immeubles style Le Corbusier et dont les façades lépreuses et blanchâtres auraient eu bien besoin d'un ravalement.

Enfin, ils arrivèrent devant le magnifique palais à tours et bulbes néo-moghol du *Taj Mahal*, flanqué de son gratte-ciel.

— Je vais vous déposer à l'hôtel, je rentrerai chez moi après, c'est à deux pas, annonça Sushila, ôtant tout espoir à Boris pour ce soir.

Elle dut deviner ce qui se passait dans son regard à lui :

— Après un tel décalage horaire, fit-elle doucement, il vaut mieux, ne croyez-vous pas ?…

Boris accusa le coup sans broncher. En gentleman : avec son plus beau sourire.

A peine installés dans leurs « appartements », deux chambres mitoyennes en fait et qui communiquaient entre elles, Aimé s'étira en bâillant :

— Ouf, enfin tranquille. Moi je…

Il stoppa net : la sonnerie du téléphone sur la table de nuit venait de retentir.

— Déja ?… grogna-t-il.

Boris avait compris lui aussi : ce ne pouvait être que Charlie Badolini.

Il décrocha nerveusement et, sans même un allô, il jeta :

— Alors patron ?…

A l'autre bout du fil il était dix-huit heures et la fameuse voix caverneuse du commissaire divisionnaire Charlie Badolini – Baba pour les intimes – s'annonça par une quinte de toux.

Interminable. Décidément ce n'était pas demain la veille que cet indécrottable tabagiste allait abandonner ses précieuses Job spéciales ultra nicotinisées qu'il faisait venir de Corse, la terre de ses ancêtres !

Boris attendit patiemment, combiné pendant à bout de bras, et à respectueuse distance que le petit dérapage des cordes vocales du patron ait pris fin, avant de reprendre :

— Alors, disiez-vous ?

Une voix d'outre-tombe, râpeuse et sourde à la fois, s'éleva dans l'écouteur du combiné.

— Vous vous souvenez, Boris, de ce renseignement important que j'attendais de la DGSE ?

— Bien sûr patron, jeta avidement Boris pendant qu'Aimé qui avait pris l'écouteur râlait dans son dos : Badolini ne leur avait même pas demandé des nouvelles de leur voyage.

— Je veux qu'il y a du nouveau ! cracha le combiné téléphonique, figurez-vous que dans sa mallette, Jacques Maillet avait un G... »

Là, brutale et nouvelle quinte de toux...

... Et puis plus rien !

Un quart d'heure plus tard, Boris tournait et retournait en rond comme un fauve en cage dans la chambre :

Une coupure de courant générale avait plongé Bombay dans la nuit la plus noire.

Pour cause de vent solaire [1].

Et juste après le « G... » du patron.

Qui, depuis, restait injoignable : coupés d'alimentation, fax et téléphone étaient réduits au silence.

Boris finit par se rasseoir sur son lit. Vaincu. Même lui ne pouvait rien faire contre les forces infinies du système solaire. D'autant moins que, comme par hasard, la mousson s'était déchaînée à nouveau juste après l'énorme phénomène électrique.

— L'hôtel doit bien avoir un générateur interne, tu ne crois pas ? suggéra Aimé, après avoir allumé une des bougies placées sur la table de nuit.

1. Absolument authentique: parfois les éruptions solaires sont telles que leur rayonnement perce la barrière antimagnétique entourant le globe terrestre. Et fait sauter, comme un fusible, les centrales électriques les plus sophistiquées. Exemple: été 1976 à New York.

Boris envoya valdinguer sa valise à travers la chambre d'un coup de pied rageur.

— Mais évidemment elle est en panne ! Sinon on aurait déjà la lumière de secours.

Poings et mâchoire serrées, il essaya de se concentrer :

— G... G... et puis quoi ? murmura-t-il comme pour lui-même. Et puis quoi, bon Dieu ?...

CHAPITRE VI

Le petit réveil de poche émit un bourdonnement qui vint chatouiller l'intérieur des oreilles des deux dormeurs enlacés.

Après le petit ouragan de la veille, l'aube se levait, éblouissante, sur Bombay.

La minable « guest house » [1]de John Hood était enfouie au cœur du quartier de Colaba à quelques dizaines de mètres du *Taj Mahal Hotel*.

A la première stridence du réveil, Drivni Chain avait violemment sursauté. Et puis elle s'était repelotonnée dans les bras du grand surfeur Australien aux interminables cheveux blonds.

— *Damned!* J'ai mon avion pour Katmandou dans deux heures, rugit celui-ci en étirant ses pectoraux.

Puis, réalisant que sa belle Déesse ne pouvait pas le comprendre, il articula :

— Moi (il se frappa la poitrine), avion Katmandou (les deux bras figurant des ailes, imitant un moteur avec sa bouche), maintenant ! (il désigna sa montre).

— Moi aussi Katmandou, répliqua Drivni Chain, *mama* Népal, ma mère habite au Népal et je veux y retourner. *Bombay no good*.

— Mais tu ne peux pas venir avec moi. *Im-possible*, dit John.

1. Chambre d'hôtes.

Le mot la frappa en plein cœur. Le grand Australien allait la laisser là, partir. Et à Katmandou en plus.

Elle n'avait pas quitté son pays depuis une semaine et elle brûlait déjà d'y retourner. Elle en avait assez vu des grandes maisons en béton, des embouteillages, des villes... Elle ne désirait plus que retrouver son village, une vie paisible, sa mère.

Qui l'avait vendue. Ça, elle ne l'avait pas oublié mais jamais elle n'aurait cru que la vie de courtisane. à Bombay était si dure.

John était déjà passé sous le robinet qui servait de douche et rangeait son énorme sac à dos à toute vitesse.

— *Quick, quick !*

Elle se doucha en quelques secondes et après risqua timidement :

— Je n'ai pas de vêtements...

— C'est vrai. Tiens prends ce jogging et ce tee-shirt...

Inutile de préciser que la pauvre Drivni flottait dans les habits de John, au point que ça les fit rire.

— Mais tiens, prends ça aussi dit-il.

D'un geste magnanime, il lui sortit deux billets crasseux de cinq dollars chacun. Pris de remords, il en rajouta deux autres de vingt roupies.

Alors, la Déesse enleva son dernier bijou, le seul qu'elle ait eu le temps de remettre : sa grosse bague antique d'argent ciselé, montée d'une turquoise népalaise et lui tendit dans un geste bouleversant.

— Souvenir Drivni, dit-elle.

Mais John Hood n'avait pas le temps de s'attendrir.

Ils descendirent quatre à quatre l'escalier de bois branlant. John régla la dernière nuit au *manager* en se plaignant de voyeurs lubriques. L'homme feignit d'avoir l'air stupéfait et offusqué, et les deux amants se retrouvèrent tous les deux dans la cohue de la rue.

Les habitants de la rue se lavaient à grande eau aux bouches d'incendie, avec d'acrobatiques contorsions à travers leurs caleçons pour ne jamais se dénuder complètement.

John Hood se mit à courir jusqu'au terminal Air India, au croisement de Marine Drive et Madame Cama Road, là où partent les bus pour Sahar Airport.

Drivni le suivait sans croire qu'il allait vraiment partir, s'envoler pour toujours.

Un bus attendait, son gros moteur diesel ronronnant sur un rythme régulier.

— *Hurry up !* [1] fut la seule parole prononcée par John en l'embrassant sur la bouche avant de monter dans le mastodonte surchargé de chromes qui démarrait.

Quand le bus eut disparu au coin de l'avenue et qu'elle se retrouva seule et vulnérable sur le trottoir poussiéreux, la Déesse se mit à pleurer silencieusement.

Dans son désespoir, Drivni Chain commençait à comprendre que le meurtre de l'étranger auquel elle avait assisté pouvait présenter des aspects positifs. Grâce à cet événement inouï, elle s'était évadée des circuits de la prostitution. Rien ne l'obligeait à y retourner. Elle se sentait libre. En tout cas c'est ce qui lui semblait. Maintenant restait l'essentiel : retourner au Népal, se cacher dans sa vallée…

La Déesse se mit à réfléchir. L'Australien était parti au Népal en avion. Il lui avait même révélé qu'il y serait deux heures après avoir décollé de Bombay. Un

1. Dépêchons !

tel prodige relevait des exploits des génies, dieux et déesses de la première partie de sa vie. Quand elle était cloîtrée dans un temple aux murs de deux mètres d'épaisseur, à respirer de l'encens jour et nuit.

Mais elle savait qu'il y avait un autre moyen de rejoindre Katmandou. Par la route et le train. C'est comme cela qu'elle était venue. Elle avait mis quatre jours et trois nuits, convoyée par un sbire de Birla.

La Déesse avait vu des camions arriver d'Inde jusqu'à Katmandou, et même Pokara, la seconde bourgade du pays, à l'Est. Certains de ces camions provenaient de très loin, du Maharashtra, de Bombay... Il était possible de voyager dans tout le sous-continent avec ces camions, les *public carrier*, qui prenaient des passagers à la demande.

Marchant vers l'intérieur de la ville, au hasard à travers les larges avenues, Drivni Chain était arrivée sur Naoroji Road. Au bout c'était Victoria Station, la grande gare.

Elle pensa prendre le train. Mais elle se dit qu'elle n'y arriverait jamais toute seule. Et probablement n'avait-elle pas assez d'argent. Elle risqua tout de même un œil sous l'immense verrière, dans le hall victorien, plein de gens allongés, des tribus entières, et de voyageurs de commerce pressés, de colporteurs, de mendiants lépreux, toute une faune...

Mais elle fit demi-tour aussitôt : la gare était parcourue de policiers en uniforme marron, balançant leur *lathi* [1], d'un air menaçant.

Marcher pieds nus, aussi, lui posait un problème. D'abord, elle n'était pas habituée, le goudron commençait à fondre sous la fournaise de cette matinée de mousson et lui brûlait la plante des pieds. Et puis elle

1. Grand bâton en bambou, la matraque locale.

avait honte. Elle se rendait bien compte qu'à Bombay même les très pauvres marchaient sur des tongs rafistolées.

Devant la gare, un marchand ambulant se mit à crier « *jûtâ pahnanâ !* » [1] en la voyant passer, désignant ses pieds.

— *Kitne païsa ?* [2] demanda-t-elle.

— *Bis roupia.* [3]

Sans penser un instant à marchander, elle lui donna un de ses billets de vingt roupies, s'amputant d'une part importante de son argent. Mais après elle se sentait une autre fille, beaucoup plus sûre d'elle, avec de belles claquettes rouges.

A une femme assise dans la rue devant trois casseroles, elle acheta encore deux *samosas* [4] pour cinquante païsas, les dévora en une minute et reprit son errance.

Un rabatteur aux petits yeux méchants s'intéressa à elle alors qu'elle longeait la gare Victoria, dans Mormon Street.

Il lui attrapa le bras, la serrant à lui faire mal.

Affolée Drivni n'osa pas résister ouvertement, se contentant de lui opposer une résistance passive. Peut-être même si elle n'avait pas mangé les *samosa* l'aurait-elle suivi. Au bout d'un moment ils croisèrent des policiers qui, intrigués par le manège de ce couple étrange, firent mine de s'approcher. Aussitôt le rabatteur aux yeux méchants s'écarta et parut abandonner.

En réalité, le rabatteur désœuvré la fila jusqu'à la fin de la matinée ; son instinct lui soufflait que cette petite Népalaise qui semblait perdue valait de l'argent. Plus

---

1. Mettre sur des chaussures!
2. Combien ça coûte?
3. Vingt roupies.
4. Triangle de céréale fourré de légumes cuits.

tard, il la vit monter dans un camion dont il nota le numéro. Et, en effet, cette information allait lui rapporter quelques roupies…

Drivni se forçait à marcher d'un air déterminé, comme si elle savait très bien où elle allait. Les rues étaient débordantes d'Indiens issus de tous les Etats de l'Union et il ne lui était pas trop difficile de passer inaperçue.

Plus loin, sur Mohamadali Road, elle tomba sur d'immenses halles anciennes qui abritaient une partie des étals de Crawford Market. Au centre, se tenait le marché aux fruits et légumes, viandes et poissons, épices et céréales, et beaucoup de fleurs. Autour on y trouvait de tout, des vêtements, des meubles, des gadgets de Taiwan…

La Déesse fut impressionnée par les montagnes de bananes, de papayes, d'oranges, de kiwis, de mangues… Il y avait de nombreux produits dont elle ignorait jusqu'à l'existence. Assis en tailleur, des commerçants très dignes en *kurta* blanche pesaient les marchandises sur des balances à double plateaux.

Dans le coin des camionneurs, un peu à l'écart des halles centrales, un gros Sikh [1] d'une quarantaine d'années la héla dès qu'il la vit :

— Népal, Népal ! dit-il simplement en la désignant.

Elle s'approcha de lui, comme attirée par son mal du pays.

1. Adepte d'un mouvement religieux et politique fondé en 1469 par Nanak Dev, qui souhaitait fondre les meilleurs éléments des religions hindouiste et musulmane. Les Sikhs se reconnaissent à plusieurs signes distinctifs et, notamment, le port du turban et de la barbe entière soigneusement peignée et roulée.

Comme tous les Sikhs, L'homme portait la barbe et un turban volumineux dans lequel étaient roulés ses très longs cheveux que, sa vie durant, il n'avait pas le droit de couper.

C'était un routier rigolard, au contact facile et très sûr de lui.

En dehors de son turban et de sa barbe, il était habillé comme un Indien parfaitement ordinaire : chemisette blanche à rayures bleues à manches courtes, à l'occidentale, et pantalon marron de coton fin.

— Je veux aller au Népal, dit la Déesse.

L'Indien s'inclina cérémonieusement, une main plaquée sur l'abdomen.

— Tu tombes bien, Lek est là pour te servir fit-il avec un gros rire. Je pars au Népal tout à l'heure, avec ce bahut. Il désigna son camion « Tata », en réalité un modèle périmé du défunt Berliet, avec un capot à l'ancienne et des ailes.

Quatre-vingt-dix pour cent des camions roulants en Inde sont de ce type. Des poids lourds plutôt petits par rapport aux énormes semi-remorques occidentaux. Le dessus de la cabine et la plate-forme arrière étaient en bois, décorés de peintures naïves représentant des paysages de mer et de montagne, la route que le camion allait suivre. Sur le devant, il y avait écrit en belles lettres ouvragées, avec faux relief, volutes et arabesques : *Public Carrier*.

La Déesse ne se sentait plus de joie. Du premier coup elle tombait sur le routier qu'il lui fallait.

— Mais… as-tu de l'argent ? demanda Lek.

— Bien sûr, répondit la Déesse.

Comme une gamine contente, elle sortit des poches de son jogging noir trop grand les deux billets de cinq dollars.

Lek partit d'un grand rire égrillard.

— Ce n'est pas assez, dit-il en empochant tout de même les dollars. Mais nous pourrons faire avec si tu es très gentille...

La profession de camionneur est souvent occupée par des Sikhs et plusieurs s'étaient approchés, goguenards, attirés par cette belle Népalaise bizarrement accoutrée.

Devant les plaisanteries gaillardes de ses collègues, Lek sentit qu'il devait préserver cette merveille candide qui lui tombait du ciel. Il entraîna la Déesse par la main, bondit sur le marchepied de son camion Tata, ouvrit la lourde porte et lui ordonna :

— Monte dans le camion et cache-toi !

Les sièges étaient en moleskine poisseuse et usée, l'énorme volant et le dessus du tableau de bord recouverts de fourrure synthétique. Au milieu était vissé une statue en plastique du Gourou Nanak. L'ensemble respirait la crasse mais aussi une certaine intimité.

Dix minutes plus tard, Lek rejoignit Drivni Chain dans le camion et lui fit un sourire jusqu'aux oreilles derrière sa barbe. Il démarra le moteur et déclara :

— Maintenant, petite, nous allons charger des bananes, vingt tonnes de bananes.

Ils sortirent de la zone de Crawford Market et se frayèrent un chemin dans les embouteillages de bicyclettes, de charrettes à bras et de chars à bœufs jusqu'à la périphérie de la ville.

Il était midi et la chaleur était accablante quand ils arrivèrent dans des entrepôts où une armée de coolies faméliques chargea le camion à dos d'homme.

Lek ne faisait que les surveiller vaguement en échangeant des grasses plaisanteries avec d'autres camionneurs sikhs. Des dizaines, des centaines de régimes de bananes vertes s'entassaient entre les ridelles décorées en bois plein. Les coolies voulurent s'arrêter quand le chargement dépassa le toit de la cabine mais Lek leur lança :

— Non, non, continuez, je ne prendrai pas de passager sur ce voyage-là…

La montagne de bananes monta alors jusqu'à atteindre une hauteur presque double de celle du camion et les coolies la recouvrirent d'une bâche bleue en paille de riz.

Drivni était toujours cachée dans la cabine. L'atmosphère y était étouffante et elle mourrait de soif. Enfin Lek revint.

— Je t'ai apporté de l'eau, dit-il en lui offrant une bouteille.

Il avait aussi ramené du riz blanc, des légumes bouillis, des piment et du *dal* [1] sur deux assiettes à compartiments en inox.

Quand ils eurent fini de boire et de manger avec leur main droite, Lek lui jeta un regard lourd de convoitise auquel la petite Népalaise, dans toute la candeur de ses dix-sept ans, répondit par un lumineux sourire.

— Comment tu t'appelles, Népal ? lui demanda-t-il.

— Drivni.

— Eh bien Drivni, il est temps maintenant de payer ton voyage. Nous partirons après la sieste. Tu sais que c'est un long trajet…

Il lança le moteur mais juste pour se garer quelques dizaines de mètres plus loin, sous l'ombre d'un toit de taule. Et il ferma soigneusement les petits rideaux froncés qui couraient tout autour des vitres et du pare-brise.

Depuis qu'elle s'était réfugiée dans le camion, protégée comme dans un cocon dans l'habitacle d'acier

---

1. Lentilles.

surchauffé Drivni s'était peu à peu ragaillardie. Elle retournait au Népal... la Déesse nageait dans un bonheur sirupeux comme une pâtisserie indienne. Son nouvel ami, Lek, était dans la force de l'âge, environ quarante-cinq ans, il était grand, gros et fort et lui faisait penser à son père avant sa maladie.

Stupéfaite de le voir avancer son bras musculeux, l'attraper par le cou de sa grosse poigne poilue, la forcer à se pencher vers lui, la Déesse éclata en sanglots et se tassa dans le coin opposé de la cabine.

« Quelle gourde » pensa Lek qui faillit la jeter dehors. Mais les larmes de Drivni décuplèrent son désir. De toute façon, en montant dans son camion, elle avait passé un marché tacite et il ne pouvait en aucun cas être accusé de viol, une notion d'ailleurs plutôt floue en Inde.

En se refusant à lui et en essayant de voyager gratuitement, c'était elle qui était malhonnête aux yeux de Lek. Il sentit son désir brûlant se doubler d'une colère noire. Il fondit sur elle et lui assena une série de claques magistrales. La Déesse se protégeait de ses petits bras en couinant.

Il lui arracha facilement son tee-shirt, et son jogging noir trop grand. Elle apparut, nue et magnifique, ses seins ronds et assez gros soulevés de spasmes.

Ses yeux bridés le regardaient avec haine.

Lek sortit son couteau sikh de la poche de son pantalon et le dégagea de son fourreau ouvragé. Il lui mit sous la gorge et la Déesse eut un hoquet de peur qui lui fit une minuscule estafilade dans la peau délicate de son cou.

Elle avait vu mourir Jacques Maillet et ne voulait pas subir le même sort.

Dès lors son comportement fut d'une soumission absolue. Surmontant son dégoût, elle se pencha docilement comme il l'exigeait et défit un à un les boutons de son pantalon de coton. La bedaine du camionneur apparue, brune et couverte de poils.

Quand elle s'accroupit sur le plancher et lui caressa le sexe gonflé à travers l'étoffe du caleçon, il se radoucit, se laissa aller en arrière sur la banquette de moleskine et émit un long soupir.

Elle dénoua la ficelle enroulée autour de la taille qui maintenait le caleçon, et pris le sexe épais et court dans sa bouche menue.

Drivni Chain était en train de s'apercevoir que partout sa fonction se réduisait à faire jouir les hommes. Vieux ou jeunes, riches ou pauvres, étrangers blonds ou Indiens bruns, tous exigeaient d'elle la même chose. Après, ils se montraient satisfaits et généralement bienveillants. C'était son pouvoir de femme qu'elle découvrait en même temps que son esclavage.

Sans comprendre pourquoi, elle se souvint subitement de l'Australien John en faisant aller sa bouche d'avant en arrière, comme il le lui avait appris.

Le gros Lek transpirait de plaisir dans la fournaise de l'habitacle confiné. Il pensait que cette petite voyageuse népalaise, farouche au premier abord, n'était pas dénuée d'une certaine expérience. Il lui prit une main et lui montra comment caresser ses grosses couilles en même temps.

— Mordille doucement, *très doucement* lui ordonna-t-il en se crispant sur son couteau qu'il tenait toujours de la main droite.

Elle retrouvait son désir de bien faire. Ce camionneur adipeux était ignoble comparé à l'Australien mais il allait la ramener à Katmandou, non loin de sa vallée, cela valait bien un sacrifice.

Le membre du Sikh prenait la rigidité de l'acier et des proportions incroyables dans sa bouche. Il suffisait de continuer ce mouvement de va-et-vient avec sa tête, la douce pression de sa main, le mordillement subtil... Peut-être fallait-il accélérer légèrement le rythme afin de suivre le souffle haletant de plus en plus précipité du mâle ?

Lek se mit à crier de joie sous la friction des lèvres, des petits coups de langues...

Lâchant enfin son couteau qui tomba sur le sol, il saisit la fine taille de gazelle de Drivni Chain, la souleva du plancher et la renversa sur la banquette.

Glissant sa patte calleuse entre ses cuisses, il lubrifia les muqueuses intimes de la Déesse en quelques mouvements experts. Se couchant sur son corps et l'étouffant à moitié, il se dirigea d'une main et s'enfonça d'un coup en elle.

La Déesse poussa un cri et ses sanglots repartirent de plus belle. Surexcité par les pleurs de sa victime, Lek se dressa sur les poignets et se mit à ahaner puissamment. Il lui sembla que le camion surchargé de bananes vertes en tremblait sur ses amortisseurs.

Enfin la vague explosa dans son ventre et Lek se mit à hoqueter de plaisir dans la chaleur confinée de la cabine.

Pour Drivni Chain, le supplice avait atteint son paroxysme. Elle hurlait de douleur et de dégoût et Lek dut lui appliquer la main sur sa bouche. Enfin, il se retira et s'assit derrière son volant en soufflant d'aise.

La Déesse pleurait doucement et n'avait qu'une idée : remettre ses vêtements et s'échapper de ce camion d'enfer.

— Et ne t'en fais pas, va ! Maintenant nous partons au Népal.

Il tira les rideaux graisseux avant qu'elle n'ait fini de se rhabiller et démarra.

*

* *

Dans la chambre à coucher de la suite 414 du *Taj Mahal Hotel,* Prem avait passé une nuit d'insomnie épouvantable.

Il commanda un petit déjeuner anglais pour deux par téléphone et sortit sur sa terrasse. Une onde de chaleur saturée d'humidité le frappa comme un coup de poing.

Ram Prem commençait à paniquer et en avait conscience. La Déesse s'était volatilisée et cette fille représentait une espèce de bombe à retardement. Les ennemis politiques de Prem étaient nombreux. Rien que d'imaginer leur triomphe si la Népalaise crachait le morceau, Prem en avait des frissons glacés malgré la canicule.

Un meurtre ! Cette putain de Drivni Chain avait vu Prem commettre un meurtre.

Encore que, après tout, au sens propre, c'était Utam qui avait tué… Prem commençait à réfléchir à l'opportunité de lui mettre sur le dos la totalité de l'assassinat du Français.

Mais pour ça il fallait commencer par éliminer la Déesse et Utam lui était indispensable pour cette besogne.

Prem alla réveiller Utam qui couchait sur un lit de camp dans le bureau. Il ronflait encore. Ses pieds immenses dépassaient du lit et il paraissait avoir dormi comme un bébé. Prem le secoua et l'envoya chercher la presse dans le grand hall.

Quand Utam revint, déposant les quotidiens et magazines il avait un air interrogateur. Utam ne savait pas lire.

Prem parcourut rapidement les titres des quotidiens en différentes langues, hindi, marathi, anglais…

— On ne parle pas encore du Français mais ça ne saurait tarder, annonça-t-il à Utam. Il est trop tôt pour la presse écrite. Peut-être il y aura-t-il des nouvelles ce soir à la radio ou la télévision.

Utam lui désigna alors un magazine hebdomadaire en anglais, le *Weekly of India.* Le géant ne savait pas lire mais les photos ça « parle » tout seul.

En page quatre il y avait un petit encadré avec un gros plan de Prem souriant. La photo datait de plus de un an. Le titre de l'encadré était : « *RAILWAYS OF INDIA : POUR QUI ROULE RAM PREM ?*» Suivait un court article qui s'interrogeait sur le rôle que jouait Prem dans la modernisation en cours des chemins de fer indiens. Prem jouait-il les Français ou les Japonais, ou les Français et les Suédois contre les Japonais ? A moins que ce ne soit l'inverse. Le journaliste concluait : *« Quoi qu'il en soit, dans ce sacré panier de crabes où tous les coups semblent permis et il n'est pas impossible que l'annonce d'un gros contrat soit imminente. »*

Rien de plus que ce qu'on disait déjà depuis longtemps, chez les gens bien informés. Mais le *Weekly* était le premier à l'imprimer…

Puis, Prem donna un bref coup de téléphone et dit à Utam :

— Mets ton costume blanc, on fonce chez Singh.

Singh était le supérieur de Prem.

Officiellement, Prem était le premier conseiller de l'ambassadeur de l'Inde à l'ONU, et cet ambassadeur était Singh. C'était un homme de soixante-six ans, hindouiste, de caste brahmanique, fils du célèbre maharaja de Bramapour qui avait joué le jeu du progrès en 1947, au moment de l'Indépendance. Lui et quelques autres princes avaient spontanément renoncé à tous leurs titres et privilèges, afin de se mettre au service de l'Union Indienne qui venait de naître.

Fils de son père, aristocrate indolent, très riche, distingué et nationaliste, Singh n'appréciait guère de devoir, du fait de ses fonctions à l'ONU, passer l'essentiel de son temps à New York. Singh détestait cette ville et les Américains.

Quant à Prem, après une première année où il avait été ébloui par cette ville, il n'y mettait pratiquement plus les pieds.

En dépit de son aversion pour les Etats-Unis, Singh avait fini par s'y marier. Avec Gill, une Américaine de vingt ans plus jeune que lui. Elle lui avait donné deux fils, beaucoup plus américains qu'indiens.

En ce moment, Singh était en vacances à Bombay mais les sessions à l'ONU reprenaient dans quelques jours et il allait devoir retourner dans son appartement de fonction de Park Avenue.

A Bombay, Singh résidait dans la superbe villa familiale, sur Malabar Hill, un quartier ultra luxueux, épargné par les gratte-ciel et situé juste devant la plage de Chawpatty.

Le portail automatique s'ouvrit et l'Ambassador de Prem fit crisser les graviers roses de l'allée privée, bordée de palmiers centenaires. Elle s'arrêta devant le perron de la villa, construite dans le plus pur style colonial et flanquée d'une gigantesque véranda qui courait tout autour du bâtiment central.

Mal à l'aise dans son coûteux costume blanc qui camouflait mal son allure de porte-flingues, Utam sortit de la voiture le premier pour ouvrir la portière à son patron.

Singh était sorti sur les marches pour accueillir son « premier conseiller ». Rasé de près par son barbier personnel, Singh avait les cheveux poivre et sel ramenés en arrière. Même (et surtout) à New York, Singh ne portait que le costume traditionnel indien, la *kurta pajama* recommandée par Gandhi. Mais en linge fin tissé à la main, extrêmement bien coupée et d'une blancheur immaculée.

« Il doit juste finir son interminable rituel brahmanique matinal, se dit Prem, nous arrivons à temps. » Singh l'horripilait avec sa classe innée, sa désinvolture, sa façon de parler de tout avec un détachement suprême, sa hauteur de vue. Il était clair que Singh n'avait pas eu besoin, comme lui, de s'extirper d'un bidonville de Bombay.

Prem soupçonnait Singh de ne pas l'aimer non plus. Malgré son affabilité de surface et son dévouement à « l'Inde nouvelle », Prem se doutait bien que l'Ambassadeur ne lui pardonnait pas ses costumes occidentaux voyants, sa réputation de gangster, et d'être sorti de sa caste. Précisément pour dévorer des gens nés riches comme Singh.

Et Prem le nouveau riche magouilleur était en effet plus riche que Singh lui-même. Il ne savait plus très bien le montant de sa fortune, ça changeait tous les jours. En ce moment il n'avait pas le temps de s'en occuper. Prem payait des gens pour ça.

Avec une politesse suave, le Brahmane entraîna son conseiller à l'intérieur de sa villa.

— Que nous vaut votre visite matinale, mon cher ami ? Au fait, vous avez vu que le *Weekly* vous a consacré un article ?

— Ce n'est pas ça qui m'amène, vous vous en doutez bien.

Gill, la femme américaine de Singh, surgit dans le vestibule.

Grande quadragénaire blonde platine en robe à

volants roses et mâchoire chevaline, elle avait le don d'horripiler Prem plus encore que son mari. Il la salua néanmoins avec le plus de courtoisie qui lui était possible. Et, par pur réflexe, s'enquit de ses travaux de décoratrice...

Dix minutes plus tard, Prem regrettait sa question.

— Bon ! Venons-en au fait si vous voulez bien abrégea-t-il après que l'intarissable Gill se fût enfin éloignée. J'aurais voulu vous demander un service...

— Oui ? interrogea Singh.

— Il est de la plus haute importance que je mette la main sur une certaine Népalaise qui était à Bombay hier au soir.

— Qu'est-ce que c'est que cette nouvelle histoire ?

Prem ne put réprimer son célèbre tic nerveux et se frotta le nez avec la main droite. Puis, tripota ses boutons de manchette...

— Je ne peux vous en dire davantage pour l'instant. Mais je possède plusieurs photos d'elle et j'avais pensé que votre influence sur les « services », et les meilleurs éléments de la police en général...

— Mais vous-même, mon cher Prem, vous connaissez de nombreux grands policiers...

Ce qu'évitait de dire Singh c'est que les relations de Prem dans la police ne concernaient que des fonctionnaires corrompus dont l'efficacité sur le terrain était quasi nulle. Plus tard dans la matinée, Prem allait pourtant faire jouer ses relations-là aussi, mais avec un objectif inverse : celui de bloquer les recherches de la police sur le dossier Maillet.

— Certes, je connais quelques policiers... répondit Prem. Mais on ne peut pas connaître tout le monde et j'ai pensé que deux précautions valaient mieux qu'une.

— Faites toujours voir vos photos...

Prem sortit les photos de presse collectionnées par

Maillet, celles de Drivni Chain quand elle était déesse vivante.

— Elle n'est arrivée à Bombay que depuis une semaine, elle s'appelle Drivni Chain et ne parle ni marathi ni anglais, elle a été Kumari royale à Katmandou.

— Une ex-Kumari royale ! Vous ne vous refusez rien. Elle doit être une belle fille à présent... Seriez-vous amoureux de cette jeune personne pour vouloir absolument la retrouver et faire tant de mystère ?

— C'est ça, c'est cela même.

Prem ne put retenir un sourire. Lui, amoureux... et de Drivni ! Parfois il était difficile de savoir si Singh plaisantait ou non.

— Je vais conserver cette photo-là et je verrai ce que je peux faire pour vous êtes agréable, promit-il.

— Croyez bien que je vous en serai infiniment reconnaissant.

— Pour aborder un autre sujet, dit Singh, vous étiez au courant qu'un espèce de vendeur international, un de ceux qui rôdent en ce moment, à propos de cette histoire de train vous savez, le grand gourou de la mission commerciale française ? Eh bien il a été retrouvé ce matin à l'aube, assassiné, et vous ne devinerez jamais où... Dans ce quartier horrible des travestis prostitués ! Il s'appelait Maillet, vous le connaissiez ?

— Non.

— Enfin... soupira Singh, c'est le scandale qui va éclater demain, je vous le révèle. Cette affaire sordide m'a empêché de dormir une bonne partie de la nuit... Téléphone de New Delhi, de Paris... Les Français sont furieux, ils voulaient envoyer cinquante barbouzes.

— Non !

Prem avait blêmi.

— Rassurez-vous, nous nous y sommes opposés.

Finalement on a transigé, seulement deux policiers arrivent de Paris...

— Ah bon...

Singh consulta un fax qu'il sortit de la poche de sa *kurta.*

— Un certain... Boris Corentin et son acolyte, le dénommé Aimé Brichot. Des super flics, parait-il, dans leur pays. Des nouveaux dans le Grand Jeu, que nous jouons tous... Quand je pense qu'il va falloir retourner à New York, il y fait une chaleur presque pire qu'ici en ce moment... Et ce pays de barbares, ces séances soporifiques dans ce palais de verre...

Prem jeta un très discret coup d'œil à sa Rolex en or massif.

— Je vois que vous êtes pressé... Moi aussi j'ai un travail considérable, même en « vacances » soupira Singh. Ne vous dérangez pas pour ma femme, je lui dirai au revoir de votre part, ajouta-t-il en souriant.

L'expression « super flic » avait fait tilt dans l'esprit de Prem.

Il aimait avoir des adversaires à sa mesure.

— Nous allons à la *Foreign Branch* voir Hari ! ordonna Prem à son chauffeur géant.

Superintendant de la police des étrangers, Hari, le beau-frère de Prem, lui devait sa carrière de A à Z et ne pouvait rien lui refuser. Etranger en Inde, Jacques Maillet dépendait évidemment de cette *Foreign Branch* de la police. De même que la Déesse, ressortissante du royaume du Népal. Et Boris et Aimé...

Les bureaux de la Hari étaient situés dans une aile du quartier général de la police. Après avoir montré une carte au poste de garde, l'Ambassador de Prem fut autorisée à s'engouffrer dans un parking souterrain.

— Tu m'attendras là, tu n'auras pas à sortir de la voiture dit Prem à son garde du corps.

Prem savait qu'Utam était viscéralement allergique à la vue des uniformes. Le colosse allait se faire tout petit et somnoler dans le parking le temps de l'entretien.

Prem mit ses lunettes de soleil, sa casquette, et grimpa quatre à quatre les escaliers jusqu'au bureau de son beau-frère.

Le superintendant Hari aurait pu être un policier brillant mais il avait cédé aux facilités que lui proposait Prem. Son avancement s'en était trouvé énormément accéléré, en même temps que sa carrière de flic réel était définitivement brisée.

C'était un homme de trente-cinq ans, de belle carrure aux traits réguliers, le nez droit et les pommettes saillantes. D'origine hindouiste, il appartenait à une basse caste de pécheur.

Avec les étrangers pauvres qui avaient affaire à lui, hippies, drogués, routards..., Hari était un policier impitoyable et relativement intègre. Avec les riches voyageurs, en revanche, tous les arrangements étaient possibles et Hari pouvait fermer les yeux sur à peu près tout.

Il y avait un tarif gradué, un vieux pédophile payait plus cher qu'un petit dealer, un escroc aux *traveller's cheques* davantage qu'un clandestin dont le seul tort était d'avoir dépassé la date limite de son visa de quelques jours.

Prem n'avait pas téléphoné mais à cette heure-là il était sûr de trouver Hari. De sa démarche énergique, il pénétra dans son bureau sans même frapper.

Ses façons de faire pouvaient paraître désinvoltes dans un pays aux règles de politesse compliquée, mais c'était très étudié. Prem rappelait ainsi à Hari la soumission que ce dernier lui devait.

Et puis Hari était doublement de la famille. Il était le mari de la sœur de Prem et ils appartenaient tous deux à la mafia de Bombay, bien que le mot ne soit évidemment jamais prononcé.

Hari, plongé dans des dossiers, sursauta. Tout autre que Prem aurait payé cher cette intrusion. A la vue du corps massif de Prem, Hari se leva pour lui donner une accolade dans un geste digne de la grande tradition du Chicago des années vingt.

— Mon cher parrain, murmura Hari avec déférence à l'oreille de Prem. C'est un honneur de te voir dans mon bureau…

— Il n'y a que toi, mon filleul qui puisse m'aider aujourd'hui…

Prem lui demanda si une patrouille n'avait pas ramassé cette nuit une Népalaise de dix-sept ans presque nue, qu'il décrivit soigneusement et dont il lui montra les photos.

Hari téléphona, partit se renseigner dans d'autres services du même immeuble. Enfin il revint après une bonne demi-heure de recherches dans les méandres administratifs indiens.

Bredouille…

— Nous allons dupliquer tes photos, fit Hari pour tenter de rassurer son beau-frère qui bouillonnait sur place Je vais les distribuer à toutes les patrouilles, avec le signalement. En procédure d'urgence absolue.

— Il faut aussi que je te parle d'un autre problème, dit Prem. Deux policiers parisiens vont arriver pour enquêter sur la mort bizarre d'un Français…

— L'affaire Maillet. J'ai été mis au courant ce matin. Nous nous préparons à les accueillir.

— Ils vont commencer par venir te voir. Pourrais-tu rendre leur enquête disons… difficile, pour ne pas dire impossible ?

— Rien n'est plus simple, assura Hari.

— Qu'as-tu comme piste sur l'affaire Maillet ?

— Tout laisse à penser qu'il s'agit d'un de ces gros bonnets européens excités par les travestis. Le milieu est très malsain, on y tue facilement et il est difficile à pénétrer. Nous aurons peut-être une dénonciation dans les jours qui viennent. Sans cela on ne saura jamais la vérité. Nous avons retrouvé avec le cadavre une petite mallette contenant divers objets, tu veux la voir ?

— Non, ce n'est pas nécessaire.

Prem se leva et les deux hommes réitérèrent la petite cérémonie de l'accolade. Dans la « société secrète » des affranchis de Bombay, les rapports étaient codifiés par une imitation spontanée de la mafia italo-américaine, popularisée par Hollywood.

Lunettes sur le nez et casquette sur la tête, Prem retraversa les couloirs des différents départements du quartier général à grandes enjambées furibardes. Il s'était convaincu que la Déesse croupissait dans les cages d'un des postes de police de Bombay. Sa colère monta d'un cran quand, dans le parking souterrain, il trouva Utam endormi au volant.

« Ce Malabar n'a pas de nerfs, pensa-t-il en le réveillant sans ménagement, pas de nerfs… Il devrait pourtant comprendre ce que signifie la disparition de la Déesse. Pour lui. Et pour moi. »

La seule chose à faire était maintenant de reprendre les recherches dans les bordels. Mais Prem ne voulait plus y aller lui-même. Chacune des incursions d'un personnage aussi connu que lui dans des quartiers pareils représentait un danger.

— Nous allons manger un morceau annonça-t-il sans savoir s'il arriverait à avaler quoi que ce soit.

Après, tu retourneras à Falkland Road pour essayer de trouver la trace de cette pute de Népalaise par tous les moyens. Je garderai la voiture. Tu te feras accompagner d'Abdul et Rajindra, tu passeras les prendre chez eux en taxi…

Abdul et Rajindra étaient deux hommes de main auxquels Prem versait un salaire. Il les gardait en réserve pour de menus services, et les coups durs où il avait besoin de trois gorilles.

— … Vous ne revenez pas sans la Déesse, morte ou vive. Tu me téléphoneras au *Taj Mahal* dès que vous aurez des nouvelles.

*

* *

Dans la somptueuse villa coloniale sur Malabar Hill, Singh, le visage buriné comme un vieux chef sioux, faisait la sieste, allongé dans une chaise longue en rotin, sur la pelouse face à la plage. Une soudaine envie de se gratter la joue le fit sortir de sa torpeur. Il ouvrit un œil et découvrit, penché au-dessus de sa tête, sa femme Gill en train de lui chatouiller le bout du nez avec un brin d'herbe.

— Que te voulait ce faisan de Prem ? lui demanda-t-elle.

— Oh, des broutilles… Que je fasse rechercher par les services secrets une petite Népalaise. Une ancienne Kumari royale. Il n'a pas voulu me dire pourquoi.

— Tu vas le faire ?

— J'allais le faire. Mais je lui ai parlé d'un autre dossier, tu sais, tous ces coups de téléphone ce matin, ce Français trouvé mort… Il s'appelait Jacques Maillet et je sais que Prem le connaissait. Pourtant il a prétendu le contraire.

— Suspect non ?

— Très. Et venant de Prem on peut redouter le pire. Après, il a paru inquiet que Paris envoie deux agents enquêter sur la mort de cet homme. C'est pourtant le minimum…

— Il ne faut pas te mêler de tout ça, mon chéri.

— C'est bien mon opinion. Aussi je ne vais pas faire rechercher cette Kumari royale. Et Prem ira au diable. Et d'autant plus que nous repartons la semaine prochaine pour un long mois d'ennui et d'absurdité internationale à New York. Enfin… Et toi que vas-tu faire cette après-midi ?

— J'ai rendez-vous avec un décorateur de *Katakali* [1]… Et je ne rentre pas ce soir…

— Tu vas voir ton amant, ce jeune inspecteur… Comment s'appelle-t-il déjà ? Nok, c'est ça ?

— Oui mon amour.

— Tu ne racontes rien de nos affaires à ce type au moins ?

— Bien sûr que non, voyons !

— Je n'aimerais pas que tu me trompes.

— Je ne te tromperai jamais, mon amour.

Avant que Singh n'ait pu répondre « jure le moi », tous les lustres de l'immense salon de la villa de Malabar hill se rallumèrent d'un coup.

En plein jour.

— Tiens, commenta placidement Singh, ils ont réparé plus vite que prévu la centrale. L'Inde ferait donc des progrès…

*

* *

1. Théâtre du Sud de l'Inde.

Au même moment, dans sa chambre du *Taj Mahal*, un athlète aux cheveux noirs bouclés et aux yeux de braise bondissait sur son appareil téléphonique et, dans un anglais parfait, demandait poliment mais fermement un appel d'urgence.

Deux minutes plus tard, Boris avait en ligne Charles Badolini sur son portable personnel – autrement dit en plein milieu des embouteillages de la Bastille, sur la route du bureau, à huit heures trente.

— Patron, lança-t-il d'une voix martelée et sans préambule, quels sont donc ces fichus coordonnées en latitudes et en longitude ?

Il y eut quinze secondes d'un silence interloqué au bout de la ligne puis la voix du commissaire divisionnaire retentit :

— Sacré Boris ! vous m'épaterez toujours, fit-il avec des accents de fierté quasi paternelle. Mais comment diable avez-vous trouvé ?

— Facile, patron, j'ai gambergé. Qu'est-ce que pouvait bien avoir sur lui un baroudeur du genre Maillet, qui commence par un G, sinon un GPS ? Et j'imagine que le sien avait été trafiqué par les petits génies de la DGSE de façon à émettre, et jusqu'à Paris. Je me trompe ?

« Après, enfantin de se dire que si la DGSE avait une importante information à vous passer, ce ne pouvait être qu'un truc du genre : avant de mourir Maillet a eut le temps d'actionner son GPS… Et par voie de conséquence, de nous donner à la seconde d'angle géographique près, autrement dit, à moins de vingt à trente mètres près, la longitude et la latitude de l'endroit exact ou il est passé de vie à trépas.

Boris marqua un temps d'arrêt.

« J'ai un crayon et du papier, patron, merci de me dicter…

A peine eut-il raccrocher qu'Aimé lui arracha sa feuille de la main et lut à haute voix :

— Longitude : 73° 42' 33" Nord. Latitude : 18° 58' 45" Est… Bon Dieu, une carte, vite !

Brichot reposa d'une main tremblante leur plan de Bombay.

— Mais c'est ici, vibra-t-il. Exactement, au *Taj Mahal Hotel !*

— Il ne nous reste donc plus, fit Boris, qu'a vérifier les registres de l'hôtel pour aller fourrer notre nez dans la chambre où il est descendu. Il prit l'air songeur.

— A moins que…

CHAPITRE VII

Allongé sur le grand lit, fumant un *beedis* [1], les mains derrière la tête et les yeux aux plafond, Nok attendait son Américaine qui allait l'emmener au *Gaylords*, un des restaurant les plus chics de la ville.

Il adorait cet endroit pour deux raisons. D'abord il n'y avait pas de climatisation. Seulement de véritables hélices d'avion qui tournaient lentement au plafond. Nok était un des rares Indiens à préférer ce bon vieux moyen de rafraîchissement de l'atmosphère. Ensuite, on y mangeait sur une grande terrasse, très pratique pour observer la vie trépidante du quartier. Petit vice classique chez tous les flics du monde.

Nok avait vingt-cinq ans et n'était pas *vraiment* Indien : c'était un Anglo-indien, le produit des métissages obligés de deux siècles de présence anglaise.

Comme beaucoup de ses congénères, il avait les yeux verts, les traits d'une finesse de jeune fille mais pimentés d'une peau bronzée juste ce qu'il fallait pour conférer à l'ensemble une étonnante beauté.

La « vieille » Américaine était folle de lui.

Lui il l'aimait bien sans plus. L'amour de cette femme le flattait, évidemment. Il revoyait leur première fois, la bouffée de fierté qui l'avait soulevé de terre quand cette grande blonde sophistiquée avait

1. Petite cigarette en cornet, très économique.

soudain plaqué son corps contre le sien dans un ascenseur.

Nok avait habilement bloqué la machine et elle avait jouit en quelques secondes sous ses doigts. Ils avaient pris une chambre aussitôt après.

Singh son mari s'en était aperçu tout de suite mais il s'était montré indulgent. En apparence en tout cas. Nok redoutait qu'un jour il ne finisse par perdre patience. Avec la puissance dont il disposait... Nok avait parfois l'impression de jouer avec le feu.

A présent, c'est elle qui payait pour le studio de Nok, dans le quartier du fort, sur Bora Bazaar Street. Coquet studio, dans un immeuble neuf à interphone. Pas de larbin à l'entrée ! La discrétion. Le summum du luxe à Bombay.

La surface réduite du studio ne permettait pas beaucoup de meubles. En fait il y avait surtout un lit monumental au centre.

Le prix des loyers étaient dingues. Sa paye de jeune inspecteur, l'équivalent de deux cent cinquante francs par mois, n'y aurait pas suffit. Nok aurait été obligé de loger au foyer des jeunes incorruptibles. En dortoir. Ou alors il aurait fallu commencer d'accepter les premiers bakchichs...

Et renoncer à une vraie carrière parce que tout se sait très vite.

Nok préférait *sa* solution : il était un peu gigolo. C'était la vie à Bombay qui voulait ça. L'Américaine n'était pas une prostituée et il ne pouvait être accusé de proxénétisme.

Seulement, certains soirs il avait des doutes. « Qu'est-ce que je fais avec cette vieille peau ? » ne pouvait-il s'empêcher de s'interroger parfois.

Gill avait fait de la danse au conservatoire de Houston et continuait un peu. « Avec ce climat, si on veut garder un corps en forme, il faut faire des efforts physiques quotidiens », répétait-elle souvent. Et puis elle avait cette classe, ce charme des femmes mûres du Sud des Etats-Unis, la grâce que lui donnait sa fortune, l'aisance des Américaines libres...

En outre Gill était dans les confidences des dieux par Singh, son mari. Nok était ambitieux et gardait ses informations pour lui. Il tissait sa toile de futur grand flic, dans la haute société comme dans les *slums* [1].

« Au fond, c'est pour ses bons tuyaux que je m'intéresse à elle, parce que je suis prêt à tout pour ça », se disait Nok, quand l'interphone grésilla.

Gill ne se souvenait pas d'avoir jamais vu un homme plus beau que Nok. A la seconde où elle l'avait aperçu elle en était tombé amoureuse. Il lui fallait cet Anglo-indien, ici et maintenant. En plus il était discret, bien élevé, l'anglais était sa langue maternelle. Et il avait une vocation : flic.

Pour mieux se l'attacher, elle l'avait introduit dans le milieu des ambassades, ce qui avait permis à Nok de rentrer à la prestigieuse *Foreign Branch*, son rêve de gosse.

Alors, quand il avait commencé à lui expliquer qu'elle pouvait *encore* l'aider, qu'un flic travaillait vingt-quatre heures sur vingt-quatre, elle s'était mis à trahir allègrement son mari. Le cœur léger. Elle l'aimait pourtant son vieux Singh, et faisait encore l'amour avec le vigoureux et vieil Indien buriné. Strict végétarien mais d'une famille où l'on avait toujours été bien nourri depuis des générations. Elle l'aimait comme on aime une personne de sa famille, le père de

1. Bas quartiers, taudis.

ses deux enfants, faire l'amour avec lui c'était presque un inceste…

Nok c'était autre chose. Quand elle était avec lui, plus rien ni personne n'existait au monde.

Quand Gill apparut devant la porte, en robe de lamée, Nok lui balança ses prunelles vertes, transparentes, de plein fouet. Il savait qu'elle appréciait les manifestations exubérantes et la prit dans ses bras. La porte du studio à peine poussée, leur bouches se collèrent.

Gill haletait déjà.

« Incroyable l'effet que je lui fait, se disait Nok, si cela pouvait être réciproque… »

Mais si… finalement il était excité lui aussi. L'Américaine se lovait contre lui, collait ses longues jambes musclées de danseuse. Et elle le caressait en prenant un air extatique, sa main passant sur son pantalon de haut en bas.

— Nok, mon Nok ! J'ai envie de te manger…

Elle était tombé à genoux comme devant son idole et défaisait sa braguette avec des couinements. Nok l'aida à enlever carrément le pantalon, touché malgré lui par un amour de cette intensité, au-delà de toute pudeur.

Puisque on était parti, autant faire au plus court. Ils iraient au restaurant après, voilà tout.

La robe haute couture de Gill n'était qu'un simple morceau d'étoffe, qu'il lui enleva par le haut en un rien de temps…

Debout devant lui, elle portait un soutien-gorge qui mettait en valeur ses petits seins encore hauts qui restaient très comestibles malgré son âge.

« Oui, pensait Nok, ses hanches, ses cuisses longues et fines de danseuses sont presque celles d'une jeune fille, et tellement bien entretenues ! Et pourtant elle est à l'automne de sa séduction, oui l'automne… »

Mais quel glorieux coucher de soleil ! Nok eut à peine le temps de tourner à toute vitesse la manivelle du rideau coulissant métallique (l'intimité est si difficile à trouver à Bombay...), Gill s'était précipitée sur son membre, à quatre pattes...

La première seconde, il faillit crier de plaisir. La bouche de Gill s'était refermée sur son sexe et l'enserrait avec une telle science, un tel désir de lui offrir du bonheur qu'il aurait pu jouir là, tout de suite.

Mais Nok se contint. Il voulait la prendre dans toutes les positions du Kâma sûtra... Pour l'instant, la tête de Gill allait et venait le long de son membre. Il commença à la prendre violemment par la bouche, s'enfoncer par grands coups de bélier.

Gill se cambrait, électrisée de sentir les coups de reins, les palpitations, et de donner cette joie à son amant.

Nok était déterminé à contrôler la situation. Chaque fois que Gill allait trop loin il l'arrêtait, la main dans ses cheveux blonds, tirait en arrière sa bouche vorace, au rose à lèvre souillé...

D'un coup, il la saisit par les seins et la renversa doucement en arrière, par terre sur le carrelage de l'entrée du studio.

Nok la traversa comme une épée et ne bougea plus.

Pas pour longtemps : Gill était une de ces Américaines qui sous ces airs de Grace Kelly sage comme une image pouvait se conduire en vraie salope...

A peine remis de ses émotions, Nok regarda sa montre.

— Et notre table réservée au *Gaylords !* Il faut y aller.

Gill était encore au septième ciel, ailleurs, les yeux fermés.

Elle trouva qu'il mettait un point final à leur joute amoureuse un peu vite à son goût et le *Gaylords* était bien le cadet de ses soucis en ce moment.

— Ça s'agite à Delhi fit-elle en essayant de cacher sa déception. Il paraît qu'un Français a été tué, poursuivit-elle d'une voix neutre, fermant de nouveau les yeux pour éviter son regard.

— Ah bon…

— Oui, une grosse huile commerciale de l'ambassade de France a été poignardée avec un pique à brochette, et Ram Prem ne serait pas étranger à ce coup.

— Tu vas me raconter tout cela devant le *chicken tandoori* du *Gaylords.* Je leur téléphone pour prévenir que nous serons en retard, dit Nok gaiement.

— Tu m'aimes, dis ?

— Mais pourquoi tu me demandes ça ? Comme si ça ne se voyait pas, ma chérie !

CHAPITRE VIII

Traitant par le mépris l'onde de chaleur humide qui les accabla dès le tambour de l'hôtel passé, Boris et Aimé s'engouffrèrent dans un des nombreux taxis jaunes et noirs qui attendaient devant le palace.

— Au quartier général de la police ! lança Boris au chauffeur, un Sikh à vareuse négligée et turban mauve.

Dans le taxi, Aimé et Boris étaient comme au cinéma grand écran. Sous le soleil intense, le spectacle des grandes avenues de Bombay prenait tout son relief. La foule permanente des trottoirs était revêtue d'habits si étincelants qu'ils vous blessaient presque les yeux. Surtout les femmes avec leur majestueux sari et leur petit diamant dans le nez. Mais la plupart des hommes arboraient aussi des chemises ou des *kurtas* d'un blanc éblouissant.

Beaucoup de passants marchaient sous un large parapluie noir. Pour l'instant, il servait de parasol contre le soleil brutal mais les nuages plombés annonçaient une journée d'averses.

Quant aux véhicules, ils tenaient d'une planète de science-fiction autant que de la reconstitution historique. Tricycles étranges, automobiles d'avant-guerre, fiacres et chars à bœufs aux cornes peintes en vert entre lesquelles zigzaguait une nuée de bicyclettes et de charrettes à bras.

Enfin ils arrivèrent devant un large bâtiment de briques rouges, salies par la pollution au charbon.

Le quartier général de la police, une vraie ville dans la ville, était clôturé de gros rouleaux de barbelés militaires. On ne pouvait y pénétrer sans passer devant un poste de garde qui examina longuement leur passeport avant de les faire attendre une petite demi-heure. A transpirer debout devant un comptoir garni de flics de base, aux uniformes débraillés. Aucun ne parlait anglais.

Enfin, Hari vint les chercher. Sans s'excuser le moins du monde de l'attente, il se présenta :

— Superintendant Hari, directeur de la *Foreign Branch*, enchanté.

L'homme avait l'air honnête et droit, les yeux perçants des policiers doués mais en même temps, quelque chose dans son regard, vaguement fuyant, trahissait qu'il n'était pas aussi à l'aise qu'il voulait le faire croire.

En traversant les couloirs crasseux à la suite de Hari, Aimé et Boris allaient de surprises en surprises. De monstrueuses piles de dossiers jaunis étaient entassés partout, dans les couloirs, par terre... Des tas d'archives poussiéreuses, montant jusqu'au plafond.

Les inspecteur en civils arboraient tous un téléphone cellulaire à la ceinture. Mais quand on savait le temps nécessaire pour obtenir la tonalité c'était presque comique. Du snobisme pur.

Des gardiens en uniforme convoyaient des prévenus à l'air traqué, au bout d'une corde qui leur liait les mains derrière le dos. Certains de ces délinquants supposés saignaient carrément.

Hari prit un air un peu gêné :

— Interrogatoire du troisième degré...

Enfin, ils arrivèrent dans l'aile de la *Foreign Branch*.

— La police des étrangers est une division d'élite, expliqua Hari. Tous ses agents parlent anglais. Laissez-moi vous présenter l'équipe qui travaille avec moi sur l'affaire Maillet.

Il leur désigna deux hommes.

Aimé et Boris se regardèrent, surpris. « Ils ne sont que deux ! » pensèrent-ils en même temps

Le plus âgé de « l'équipe », très grand et gros dans une distinguée *kurta* de soie tabac, présentait jusqu'à la caricature l'apparence d'un fils de famille benêt. Il leur tendit une main moite et articula avec un accent d'Oxford plus vrai que nature :

— Mon nom est Kush, comment allez-vous ?

— Kush a étudié en Angleterre. Et c'est un brahmane, précisa Hari, l'air de dire : vous voyez qu'on ne confie pas cette enquête à n'importe qui.

Le deuxième inspecteur paraissait extrêmement jeune et presque efféminé. Il avait de superbes yeux verts et se tenait dans une sorte de garde-à-vous. Quand ce fut son tour, il s'avança d'un pas et, inclinant légèrement la tête, se présenta :

— Inspecteur Nok.

« L'inspecteur stagiaire typique, c'est le bouquet, après cet improbable flic brahmane... » pensa Boris.

— Il semble que vos effectifs soient un peu réduits pour une affaire internationale et le meurtre d'une personnalité diplomatique fit remarquer Boris, courtois mais sec.

— Les effectifs sont fonction du travail à effectuer et non de l'importance de l'affaire, répliqua Hari. Nous sommes prêts à mettre tous les inspecteurs du pays sur cette enquête si cela s'avère nécessaire. Nous avons bien entendu interrogé les riverains de l'impasse où la victime a été retrouvée. Le quartier est... disons difficile et tout le monde prétend n'avoir rien vu ni entendu. Nous avons offert une prime de mille roupies pour le moindre renseignement. Et garanti l'anonymat, bien sûr…

— Je multiplie la prime par cinquante lança négligemment Boris. Pouvez-vous annoncer que nous donnons immédiatement cinquante mille roupies sur notre budget personnel pour un début de piste ?

— Entendu.

— Je compte sur vous, fit Boris en fixant Hari droit dans les yeux. Et le rapport d'autopsie dit quoi ?

— Il fixe l'heure de la mort à vingt et une heures trente la veille, expliqua Hari surpris par la rapidité de la question. Et il indique que votre concitoyen venait d'avoir des rapports sexuels… D'autre part, la victime était crispé sur une mallette de marque Samsonite qui a également occupé nos laboratoires. Hélas elle a peu « parlé » pour l'instant. Aucune empreinte. A peu près tout ce que nous savons, c'est qu'elle appartenait à la victime ; son épouse que nous avons bien sûr convoquée, l'a formellement reconnue. Ainsi que son contenu.

— De menus objets personnels, je suppose ? interrogea Brichot, vaguement goguenard.

— La mallette contenait une trousse de toilette, quelques papiers et brochures, des stylos, un agenda professionnel, récita Hari. Toutes les personnes avec lesquelles la victime a eu rendez-vous ce mois-ci ont été interrogées, à Bombay et par une autre équipe à Delhi. La Samsonite contenait aussi des préservatifs…

Il fit une légère pause, attendant une réaction qui ne vint pas

— Et le plus étrange : un GPS de la marque Garmin, reprit-il.

Boris et Aimé ne bronchèrent pas. En vrais pro. Mais un semblable éclat avait flashé dans leurs prunelles.

— Nous pouvons l'examiner ? demanda Boris d'un ton détaché.

— Bien sûr. Nok, va chercher la Samsonite dans l'armoire.

Le jeune Nok revint avec la valise trente secondes plus tard, l'œil vif et alerte, et un air d'intelligence sur son visage fin.

« Finalement, se dit Boris, ce stagiaire est plutôt sympathique. »

La Samsonite était scellée d'une chaînette et d'un cachet de cire, tout à fait comme cela se pratique en France pour les pièces à conviction.

Sans hésiter, Hari brisa les scellés et l'ouvrit. A l'intérieur il y avait bien les objets annoncé. Plus une brochure scientifique d'Alsthom en anglais, expliquant avec force croquis le fonctionnement du TGV « pendulaire ».

Et le GPS. Le fameux GPS.

La chose se présentait comme une calculette un peu plus épaisse que d'habitude, à laquelle on aurait rajouté une antenne réceptrice : une sorte de petit cylindre articulé sur le côté droit.

Boris s'en empara vivement. En apparence, c'était exactement l'instrument dont il se servait pour faire de la voile en Bretagne. Il l'alluma en poussant le bouton ON/OFF. Les batteries étaient en bon état. En appuyant sur la touche POS (position) l'engin afficha, en trois secondes, les chiffres d'une latitude et d'une longitude. Apparemment ceux du bureau où ils se trouvaient...

Après une seconde d'hésitation, Boris dit à Hari :

— Nous avons reçu des informations que nous devons vous transmettre. Ce GPS n'est pas un simple récepteur. Il est capable d'émettre sur le réseau Argos et Maillet a signalé sa position avant de mourir. Il semblerait qu'il ait été tué au *Taj Mahal Hôtel* et non là où il a été retrouvé.

— Ça alors ! fit Hari en regardant Boris d'un air soupçonneux. Il faudrait donc aller chercher là-bas des traces de son passage…

— Je ne vous le fait pas dire, répliqua Boris. En avant !

Hari s'éloigna une seconde prendre son arme de service, un colt à barillet du début du siècle, et le jeune Nok en profita pour demander discrètement à Aimé :

— Vous êtes descendu à quel hôtel ?

— Précisément le *Taj Mahal*, répondit Aimé imperturbable.

— Merci beaucoup fit Nok en se reculant : Hari revenait.

La voiture de patrouille banalisée était une Fiat 1100, un modèle italien des années soixante qui, fabriqué sous licence en Inde, était ici rebaptisée *Premier*. Hari conduisait lui-même.

La voiture n'avançait pas, bloquée dans des embouteillages plus denses que ce matin. Mais, visiblement, bien autre chose agaçait le superintendant Hari…

A peine arrivé à l'hôtel, il commença tout de suite de brandir sa plaque de policier de la *Foreign Branch*. Sans laisser le temps à Aimé et Boris qui l'accompagnaient de s'éloigner.

— Il voudrait signaler à tout le personnel que nous sommes flics qu'il ne s'y prendrait pas autrement ! chuchota Boris.

Puisque le mal était fait, Aimé et Boris restèrent avec Hari qui abordait un à un les agents de sécurité de l'hôtel, les employés du standard, un majordome en queue de pie et des serveurs costumés. Il leur parlait durement et exhibait à bout de bras une photo de Jacques Maillet.

Et bien sûr, dès qu'ils voyaient la plaque de police, les uns et les autres se fermaient comme des huîtres. Ce n'était chaque fois que regards soudains fuyants, têtes agitées en signe de négation.

Pour Boris, le même scénario que celui auquel il avait eu droit tout à l'heure, quand il avait vainement tenté de savoir quand et où était descendu ici même un certain Jacques Maillet…

— Si votre concitoyen est passé ici avant d'être tué, personne ne s'en souvient, conclut Hari d'un air visiblement satisfait. Et il n'y a nulle trace de son passage dans le registre de l'hôtel.

— Je vois, dit Boris. Dites-moi… Il y a longtemps que vous êtes superintendant de la *Foreign Branch ?*

— Deux ans.

— Et vous avez quel âge ?

— Trente-six et j'ai fait l'Ecole de police de Poona, pourquoi ?

— Pour rien cher collège, pour rien…

Il parut réfléchir :

— Au moins vous pourriez nous rendre un autre service, un vrai celui-là. L'inspecteur Brichot ici présent aimerait bien trouver des vêtements dans un style vieille Angleterre…

— Il y a le World Trade Centre Arcade, près de Cuffe Parade. Mais aussi sur Colaba, dans les rues derrière le *Taj*, vous devriez trouver le vrai chic britannique fabriqué en Inde, répondit mécaniquement Hari.

Boris s'inclina, remerciant de la tête.

— Voici mon numéro personnel, et mon numéro au bureau, dit Hari en leur tendant sa carte de visite.

Il se dandina un peu, vaguement gêné : les yeux des

deux collègues français lui criaient qu'ils avaient tout pigé sur lui.

— Appelons-nous ce soir, dit-il très vite. Il y aura peut-être du nouveau grâce au nouveau montant de la prime. Permettez-moi de vous rappeler que vous êtes tenus de me transmettre tout renseignement que vous pourriez glaner…

— Mais nous n'y manquerons pas, l'assura Boris avec un sourire.

A peine avaient-ils commencé leur *massala dosas* [1] au restaurant de l'hôtel qu'un serveur s'inclina devant leur table, un portable à la main.

Aimé prit la communication. C'était Nok qui les appelait.

— Ça fait plusieurs fois que j'essaie de vous joindre, où étiez-vous passés ?

— Nous étions avec Hari, votre superintendant. répliqua Aimé.

— Il est parti ? Ah bon tant mieux. Ce que je vais vous dire est ultra confidentiel. Vous ne devez en aucun cas révéler vos sources sinon je suis perdu.

— Vous avez ma parole d'honneur d'officier de la police française se cabra Aimé Brichot.

— Eh bien voilà, reprit Nok d'une voix hachée. Il n'en existe aucune preuve, ce sera à vous de les apporter et ce ne sera pas facile mais, d'après mon meilleur informateur, Ram Prem serait mêlé à l'assassinat de votre concitoyen.

— Ram qui ? tiqua Aimé

— Ah… vous ne connaissez pas Ram Prem en France ?

1. Sorte de crêpe fourrée aux légumes.

— Non. Auriez-vous son adresse, ou une photo de lui ?

— Vous n'avez qu'a acheter le *Weekly of India* de cette semaine et regarder dans les premières pages. Par ailleurs, il loue à l'année la suite 414 au *Taj Mahal Hotel.*

— Notre hôtel… dit Aimé.

— Non, vous n'êtes qu'au *Taj Mahal Intercontinental.* Dans la tour. C'est à côté mais ce n'est pas exactement la même chose.

— Et ce Prem est un citoyen au-dessus de tout soupçon, c'est ça ?

— Exactement. Il est millionnaire en dollars, et il a été ministre.

— Et pourquoi aurait-il tué Jacques Maillet ? demanda Aimé.

— Personne ne peut répondre à cette question pour l'instant. Je vous balance le tuyau, à vous de comprendre pourquoi. Et de faire tomber Ram Prem !

— Quel est votre avantage, à vous Nok, de prendre des risques pour nous renseigner ?

— Disons que je verrais avec grand plaisir ce corrupteur et corrompu définitivement emprisonné. Je suis flic comme vous, c'est tout. Autre chose : Ram Prem est à la recherche d'une mystérieuse Népalaise. Drivni Chain, vous notez ? Dix-sept ans, très belle, probablement prostituée. Et ex-Kumari royale, autrement dit ancienne déesse vivante de Katmandou.

— Hein ?

Nok commença à lui expliquer mais il fut coupé au milieu d'une phrase, comme si quelqu'un venait de le surprendre.

Aimé courut au comptoir d'accueil de l'hôtel acheter le *Weekly of India* et quand, finalement, il retrouva Boris, celui-ci était au bord de la piscine… en compagnie de la femme de l'avion, la gracieuse Sushila Taba. En peignoir de bain aux chiffres du *Taj Mahal*, installé à l'ombre sur une chaise longue.

Les salutations terminées, plus quelques petites rectifications sur leur fonction exacte (fini la « Mondial Import », Boris avait décidé de jouer franc jeu avec elle), Sushila ôta tranquillement son tee-shirt.

Dessous elle portait un maillot bleu une pièce barré d'une large bande rouge en diagonal, style nageuse des Jeux Olympiques qui, avec une grande pudeur, mettait en valeur la ligne de son buste sculptural.

Boris en eut le souffle coupé.

Tout aussi paisiblement, elle défit la fine ceinture de corde tressée de son jean blanc qui tomba, dévoilant le bas de son maillot de championne de natation. Puis, avec une trajectoire impeccable, elle plongea sans la moindre éclaboussure et glissa sous l'eau bleue, ses longs cheveux lisses derrière elle, telle une sirène très brune.

Aimé se précipita sur Boris :

— Ecoute, vieux frère, arrête de la mater, j'ai du nouveau. Le petit inspecteur de ce matin, Nok, il vient de me balancer un certain Ram Prem, une personnalité dont on parle dans le journal, il y a même une photo, regarde.

— Nous y voici donc… soupira d'aise Boris.

— Ce petit jeune de Nok, il vient de gagner cinquante mille roupies, non ? fit Aimé.

— Attends, Mémé, il faut voir la suite. Depuis Hari, je me méfie de tout le monde. A ce sujet, Sushila, tu la sens loyale ? demanda Boris.

— Oui, tu as eu raison de lui révéler que nous étions flics, approuva Aimé, peut-être pourra-t-elle même nous aider.

Sushila revenait près du bord, en nage indienne évidemment, après avoir traversé le bassin olympique dans les deux sens, fendant l'eau sans effort.

Après cette éblouissante démonstration de natation, Boris avait tenté d'entraîner Sushila dans sa chambre. Sous prétexte de discuter tranquillement des éléments de l'enquête. Trop audacieux pour une indienne sophistiquée de bonne famille. En revanche, elle n'avait pas fait de difficulté pour l'amener chez elle. Un immense appartement dans un immeuble rococo, juste derrière le *Taj Mahal Hotel*.

— Ma famille habite Pondichéry, avait-elle expliqué. Nous avons ce pied-à-terre à Bombay que j'utilise seule en ce moment.

Pour un « pied-à-terre » c'était royal. L'immeuble sentait les splendeurs du *Raj* et l'appartement était un dédale de vastes pièces en enfilades. Avec des moulures au plafond et un parquet magnifique.

« Discrètement climatisé, mais très en désordre », pensa Boris. Certaines pièces étaient débordantes de cartons et de malles éventrées. La poussière volait devant le soleil, et les vitres étaient opaques, dépolies par la saleté.

— Je déteste les domestiques expliqua Sushila, ils sont toujours là à vous épier…

La vue sur la mer rattrapait tout.

Dire que Sushila n'avait pas fait de difficulté pour inviter Boris chez elle était un euphémisme : à peine lui avait-elle fait faire le tour du propriétaire que déjà elle l'attira à elle, sans aucune ambiguïté dans le regard qu'elle lui lança.

Elle écrasait sa poitrine contre la sienne, les lèvres humides et ses grands yeux sombres extraordinairement brillants de désir.

— Attend, l'arrêta Boris, je suis en mission, maintenant tu le sais. Halte à la corruption active ! Nous devons travailler un peu tous les deux auparavant. Qui est Ram Prem ? Il est peut-être connu ici mais moi je n'en ai jamais entendu parler.

— Prem ? Il s'agit d'un homme d'affaires à la réussite médiatique, un financier parti de rien. C'est encore un Intouchable pour la plupart des Indiens. Mais justement ils l'aiment pour cela, il est sympa, direct, il parle leur langage. Après s'être énormément enrichi, Prem s'est lancé dans la politique. Il a été, peu de temps, ministre d'un gouvernement de gauche. Et président d'un club de cricket... Il possédait un boutre de plaisance d'un luxe délirant, qui a été saisi par les impôts... Mais, Boris, dans tous les pays ce type d'homme existe, en Italie, en Angleterre, en France même... Les Etats-Unis en ont produit des flopées. Ils sont magnats de la presse, possèdent des chaînes de télévision... Ils font un peu de politique populiste pour leur propre compte, avant d'en être généralement chassés par des scandales...

En même temps, Sushila commençait à le déshabiller. Tout en poursuivant :

— Prem a été en prison, un court moment – tous les « petits juges » lui courent après –, une histoire de victoire achetée au cricket je crois. Tu sais l'Inde n'est pas si différente des autres démocraties qu'elle en à l'air au premier abord...

— En effet, on dirait, fit Boris à mi-voix.

En lui, un véritable cyclone était au bord du déchaînement : Sushila à qui il aurait donné le bon Dieu sans confession dans l'avion lui tendait à pleine main les pointes de ses seins déjà durcis.

Direction sa bouche à lui...

Quand ils furent apaisés, Boris eut mauvaise conscience. Il ne pouvait pas continuer d'abandonner ainsi son poste en pleine bataille. Il se jeta sur le téléphone, composa le numéro du *Taj Mahal* et demanda sa chambre. Aimé décrocha aussitôt.

— Où es-tu ? Je t'ai cherché partout, à la piscine, au squash…

— Je suis à cinquante mètres, dans l'appartement de Sushila.

— Je m'en doutais. J'ai acheté des jeans et polos pour toi, et des habits classiques pour moi… Et j'ai croisé Ram Prem devant le kiosque à journaux du grand hall ! Il est bien comme sur la photo, grand et gros, l'air jovial, sympa, une large face avenante barrée d'une longue mèche…

— Il ne t'a pas repéré ?

— Non mais des larbins ont dû le prévenir de notre présence, il a tout l'hôtel dans sa poche. Ça ne m'a pas empêché de noter le numéro de sa voiture, une grosse bagnole noire et vieillotte comme ils conduisent ici. Prem a confié les clef à un chasseur qui l'a garée dans le parking souterrain. Prem habite la suite 414. Il s'y trouve en ce moment.

— Attends une seconde Mémé.

Depuis la fenêtre du petit salon, Boris voyait une rampe de parking. Il appela Sushila qui confirma qu'il s'agissait bien de la sortie du parking souterrain du *Taj Mahal*.

— Ecoute, j'ai une idée, reprit Boris au téléphone, tu vas venir ici et nous allons surveiller Prem depuis l'appartement de Sushila. Partout ailleurs la planque serait repérée, Prem ne sortirait pas ou se débrouillerait pour nous filer entre les doigts.

Deux minutes plus tard, Aimé arrivait chez Sushila.

Malgré toute l'amitié qu'il avait pour lui, Boris eut du mal à retenir un franc éclat de rire.

En fait de « vieux chic britannique », Aimé arborait un pantalon gris tire-bouchonné, une chemise blanche au col trop large qui bâillait, et une veste grisâtre mal coupée dans un tissu trop léger qui pochait déjà.

— Je lis dans ton regard que ce n'est pas tout à fait ça, hein ? Dis-moi la vérité s'il te plaît, demanda Aimé.

— Disons qu'il y a un petit côté Charlie Chaplin, et le charme discret de son élégance dans *La Ruée vers l'or*...

— Tu aurais dû venir avec moi, j'avais du mal à me rendre compte. Ce n'était pas cher du tout, j'ai pris trois costumes... Et ceci pour toi.

Les jeans, pantalons de toile, polos et tee-shirts sport achetés pour Boris étaient des imitations, pas de haute qualité non plus mais, sans prétention, ils passaient mieux.

— Maintenant, les choses sérieuses, dit Boris dès qu'il se fut changé. Mémé tu surveilles la fenêtre, moi je vais chercher un moyen de locomotion pour filer Prem quand il sortira du nid.

En quelques minutes sur Battery Street, Boris se mit d'accord avec un jeune *bikeman* [1] à l'air résolu qui faisait le moto-taxi avec un engin dans un état à peu près correct. Boris lui donna un billet de cent roupies et lui demanda d'attendre devant l'immeuble de Sushila, casqué et prêt à démarrer.

Boris remonta dans l'appartement. Aimé, attentif, planquait dans un vieux fauteuil de buffle à la fenêtre du petit salon.

1. Motard.

Il était cinq heures de l'après-midi. Sushila avait préparé du thé au lait et commandé des *uglis massala* [1] au restaurant du coin qui les livra dix minutes plus tard.

— Ici, on fait des petits repas cinq fois par jour, dit-elle.

Après avoir avalé les *uglis* – épicés – Sushila et Boris laissèrent Aimé monter la garde et se barricadèrent dans la chambre.

— Si nous reprenions cet entretien là où nous l'avons laissé, proposa-t-il

— Tout à fait mon opinion, répondit Sushila en s'allongeant.

Elle regarda Boris les yeux brillants, provoquante et sensuelle, et dénoua lentement la cordelette de son pantalon.

Debout devant le lit, Boris imita ses gestes et défit lui aussi son jean indien trop neuf et amidonné.

La remontée de leur désir fut spectaculaire.

L'excitation de l'enquête, qui risquait de les interrompre d'une seconde à l'autre, participait aussi de leur frénésie. Sushila arracha son tee-shirt pour la troisième fois de la journée, apparaissant nue, splendide et avide.

Sautant délibérément les préliminaires, Boris se rua sur elle, ne cherchant pas les raffinements, sans autre souci que de se libérer de cette tension qui les dévorait tous les deux…

Il lui sembla que jamais il n'avait rencontré un fourreau l'enserrant avec une volupté aussi parfaite. Il amorça un lent mouvement de va-et-vient, en légère accélération constante, une douce reptation qui devint peu à peu un pilonnage énergique.

1. Galettes de semoule et légumes.

A chaque ondulation de Boris, Sushila aspirait un volume d'air de plus en plus conséquent et ils s'acheminaient tous deux vers une explosion imminente…

Aimé se mit à glapir derrière la porte.

— Boris, Boris ! La voiture de Prem sort du parking…

Avant qu'Aimé n'ait fini sa phrase, Boris avait ouvert la porte à la volée, traversé l'appartement comme une flèche et sprintait déjà dans l'escalier en finissant de reboutonner son jean.

CHAPITRE IX

A six cents kilomètres de là, exactement au moment où Boris bondissait dans l'escalier de Sushila en terminant de se rhabiller à la vitesse grand V, une fille, dont Aimé et lui venaient à peine de découvrir le nom et le lien avec leur enquête, fixait, comme hypnotisée, le ruban grisâtre d'une route qui défilait lentement sous les roues d'un camion Tata surchargé.

Et Drivni Chain sombra tout à coup dans un sommeil profond.

Le premier jour, partant de Bombay vers quatorze heures, Lek avait conduit dix heures sans discontinuer. Ils avaient traversé Dhulia et Dewas pour faire étape un peu avant Bhopal aux alentours de minuit.

La nuit, Drivni et Lek dormaient dans le camion. Lui sur la banquette de moleskine tiède et collante. Drivni où elle pouvait.

Lek était tellement crevé le premier soir qu'il s'était contenté d'une fellation fébrile. Il avait enlevé son turban jaune citron et défait ses cheveux qui lui tombaient jusqu'aux fesses. La métamorphose de son apparence était saisissante. Après que la petite Népalaise ait enfin réussi à le faire jouir, Lek avait aussitôt sombré dans un sommeil lourd.

Drivni Chain avait alors découvert avec consternation que Lek ronflait plus fort que son moteur.

Des rugissements bestiaux, un vrai tigre du Bengale.

En plus, Lek occupait toute la banquette, sa bedaine en débordait. La Déesse s'était couché sur le plancher d'acier, la pédale d'accélérateur lui servant d'oreiller spartiate.

L'aurore avait blanchi la nuit très noire sans qu'elle se soit véritablement endormie.

Réveillé aux premières lueurs, Lek très en forme rajusta son chignon, le coiffa de son turban empesé comme d'un chapeau et bondit derrière son énorme volant.

Il faisait encore sombre et Lek alluma les phares.

La route portait le nom pompeux de *highway* [1] mais n'était qu'une méchante piste vaguement goudronnée, trouées de nids-de-poule, et surtout à une seule voie *pour les deux sens*. Lors des croisements, les deux véhicules mordaient, à la dernière seconde, sur le bas-côté pavé de briques rouges écaillées.

Des milliers de paysans se rendaient aux champs et aux rizières, à pied, en chars à bœufs ou en bicyclette, encombrant le passage et Lek klaxonnait sans cesse.

Un peu plus loin, Lek avait offert un *tchaï* [2] et des *samosas* à sa conquête népalaise. Dans une échoppe des faubourgs industriels de Bhopal, tristement célèbres depuis l'accident de l'usine chimique Union Carbide qui avait fait tant de victimes.

Lek n'était pas mauvais homme au fond mais la route l'avait endurci. Quand il souriait, de toutes ses dents très blanches au centre de sa barbe tressée, la Déesse arrivait presque à le trouver beau. Mais le souvenir de sa nuit avec le jeune Australien John Hood la lancinait, c'était à lui qu'elle pensait quand Lek se faisait pressant.

---

1. Autoroute.
2. Thé au lait.

L'étrange couple reprit sa route.

Vers sept heures, apparurent les écoliers. Il semblait qu'ils étaient des millions à marcher en file indienne sur le *highway*, minuscules dans leurs uniformes violets et blancs, un gros cartable dans le dos. Lek klaxonnait de plus belle.

Ne s'arrêtant que pour manger un morceau et faire du gas-oil, ils traversèrent Sagar puis Katni, et arrivèrent enfin à Bénarès.

Drivni avait beaucoup entendu parler de cette ville sainte quand elle était déesse vivante, cloîtrée à Katmandou. Elle regretta un peu de ne pouvoir s'arrêter mais les urgences de Lek paraissaient autres. Sa ville sainte à lui, le Sikh, c'était Amritsar, dans l'Etat du Penjab, mille cinq cents kilomètres au nord-est.

Dans les faubourgs de Bénarès, des processions de *sadhous* et de pèlerins se dirigeaient vers le Gange, embouteillant les rues.

Lek détestait les *sadhous*, ces moines errants qui partent sur les routes, à fumer de l'herbe et faire tous les pèlerinages à pied. Lui il travaillait seize heures par jour, il n'avait pas le temps de jouer les contemplatifs. Lek faisait ronfler son moteur dans la foule, criait « *chelo* [1] *!* », klaxonnait, s'énervait...

Par la fenêtre il hurla :

— Clochard, mendiant !

Profitant de l'altercation, des gosses commençaient d'arracher quelques bananes à travers les ridelles. Peut-être certains d'entre eux avaient-ils réussi à monter sur le camion. Lek se méfiait toujours qu'il n'y ait pas deux ou trois passagers clandestins, à se cacher sous les régimes...

Quand Lek se dégagea enfin de cette véritable

1. Va-t'en!

émeute de pèlerins pour foncer en direction de Patna, le soleil se couchait sur le grande plaine du Nord, surplombée de nuages noirs.

La mousson revenait. Lek était inquiet. Si les routes se détrempaient, sa moyenne allait en pâtir. Les bananes commençaient à mûrir à toute vitesse...

Inquiet, il avait jeté un coup d'œil au chargement tout à l'heure. C'était à frémir. Cette satanée mousson faisait tourner les fruits.

Lek entrevoyait d'ici la catastrophe. Les routes coupées par les inondations. Son stock pillé par des hordes affamées. Dans le meilleur des cas il parviendrait à céder ses vingt tonnes à bas prix, dans un bled inondé du Bihar, l'Etat le plus pauvre, infesté de *dacoïts*[1].

La banane du Maharashtra ne prenait toute sa valeur qu'à Katmandou. Au retour, Lek ramenait des pommes, des bonnes grosses pommes rouges du Népal.

A onze heures du soir, ils furent pris dans un véritable cyclone. Des trombes de pluie s'abattaient sur le pare-brise, le lent essuie-glace unique était débordé et les roues commençaient d'avoir des pertes d'adhérence sous son accélérateur...

Lek s'arrêta enfin pour faire étape dans un relais routier à Raxaul, à la frontière du Népal. La frontière était de toute manière fermée jusqu'au lendemain matin.

Des centaines de camions étaient garés, attendant de pouvoir passer. Une importante communauté de prostituées pour camionneurs travaillait dans des cabanes de torchis, non loin du restaurant en tôle ondulée qui brillait dans la nuit de Raxaul, grouillante d'une population misérable.

---

1. Brigands de grands chemins.

Lek retrouva deux collègues sikhs allant comme lui à Katmandou. L'un d'eux, au gros turban violet, avait la corpulence d'un ours tandis que l'autre était un petit homme au profil de fouine.

Lek était à moitié content de les retrouver. Dans le passé, il avait partagé quelques amazones avec eux et il allait devoir offrir Drivni à ces deux compères…

« Mais Drivni n'est pas une pute de routier, pensa-t-il. C'est une jeune Népalaise, une fille sans poil, bizarrement habillée mais belle et innocente… »

— Je crois qu'on va s'amuser, déclara aussitôt le grand Sikh en ouvrant la portière de Lek comme à l'abordage et découvrant Drivni prostrée au fond de la cabine.

Lek éteignit son moteur et le compresseur émit un soupir de géant fatigué. Le deuxième Sikh était arrivé à son tour et contemplait la Déesse avec une concupiscence non dissimulée.

— Merci Lek, d'avoir pensé à nous, quel grand seigneur tu es ! déclara-t-il.

— N'oublie pas que tu as des amis fidèles, qui t'aideraient si un jour tu tombais en panne par exemple… renchérit le premier.

Lek sourit à ses amis, un peu forcé, et dit :

— Voici Drivni, qui veut aller à Katmandou, mais…

— Mais nous allons t'y emmener à Katmandou, ma jolie.

L'homme au profil de fouine avançait déjà sa main et se léchait les babines.

En un coup d'œil, la Déesse avait compris.

— Non ! cria-t-elle en tentant d'ouvrir la porte, prête à s'enfuir n'importe où, sous la pluie battante.

Lek la retint par son jogging noir trop grand qui lui resta dans les mains. La Déesse avait glissé hors de son vêtement et se retrouvait torse nu, ses magnifiques seins aux aréoles brunes se dandinant dans la nuit.

— Il faudrait la tenir, fit l'énorme Sikh en l'attrapant par les cheveux, sinon cette folle va abîmer ton camion.

Drivni se débattait, trépignait avec pour seul résultat de faire rire les trois hommes qui, à présent, lui tenaient fermement les poignets.

Lek l'avait abandonné, il la livrait à ses copains. Il ferma même soigneusement la porte du camion et remonta la fenêtre à guillotine.... De toute façon, le tintamarre des trombes sur le toit de la cabine rendait les cris de Drivni inaudibles. Et puis, qui s'en souciait ?

La Déesse pleurait de honte.

Elle était à présent entièrement nue et bâillonnée avec un chiffon graisseux ; Lek et ses deux amis lui maintenaient les jambes violemment écartée, les deux bras en croix.

— Qui commence ? demanda tranquillement le grand Sikh en enlevant son turban violet comme une casquette.

Il le déposa devant le pare-brise avec un soin maniaque.

— Lek a déjà eu sa part, n'est-ce pas Lek ?

— On pourrait la jouer aux cartes, proposa ce dernier.

— Nous n'avons pas le temps ! rugit le gros routier.

— Nous pouvons à la rigueur tirer à la courte paille, pour faire plaisir à Lek, proposa le petit Sikh, le visage parcouru de tics nerveux.

Lui aussi enleva son turban rouge. Mais ce n'était pas un modèle aussi pratique, il dut le dérouler et il y avait bien trois mètres de tissus...

— Voici trois allumettes, honneur à Lek.

Ce fut au petit Sikh de passer le premier.

— Aller ! Montre-nous ton coup de reins viril, riait le grand.

Le petit homme d'une quarantaine d'année, à la barbe et aux cheveux très longs et noirs qui lui donnaient un air satanique, ouvrit sa braguette. Il n'avait pas l'intention de se déshabiller plus que le minimum pour honorer Drivni.

Celle-ci ravalait ses sanglots et paraissait s'être résignée à son sort. Elle cultivait une espèce d'indifférence, mais en même temps, sous les multiples mains qui la palpaient, Drivni Chain sentait monter en elle un désir purement mécanique qui la révulsait. Elle vit s'avancer le Sikh maigrelet qui souriait d'un rictus ignoble et fit d'ultimes et vains efforts pour se dégager.

— Mais elle est toute prête... apprécia l'homme en lui glissant une main lubrique entre ses cuisses écartelées.

Sans autre forme de préliminaire, il s'allongea sur son corps immobilisé. Le contact du tissu râpeux sur sa peau fit à nouveau réagir Drivni ; gigotant de répulsion, elle essayait de désarçonner le Sikh qui s'agitait furieusement dans son ventre, encouragé par ses amis déchaînés. L'homme poussa rapidement un cri rauque, applaudi par les deux autres, et le grand le tira aussitôt en arrière.

La Déesse cria et Lek en profita pour s'avancer côté bouche.

Qu'auraient-ils fait si elle ne s'était pas exécutée ? Peut-être l'auraient-ils tuée de rage. Elle se sentait souillée, méprisée, malmenée et éclata en sanglots dès qu'ils se furent retirés.

— On la retourne ? demanda le grand.

— *Atcha.*

La Déesse n'avait plus de larmes.

*
* *

Juste le temps de sauter en selle sur la moto qui l'attendait devant l'immeuble rococo, et le *bikeman* démarra d'un petit coup de kick.

— Tu vois l'Ambassador noire, lança Boris, le but du jeu est de suivre cette voiture sans qu'elle le remarque.

C'était bien, comme annoncé par Aimé, la voiture de Prem.

Celui-ci avait demandé au chasseur de la sortir du garage, à la suite d'un SOS que lui avait lancé Utam : Drivni avait paraît-il été dénichée dans un bordel non loin de Falkland Road.

Cas exact où la situation échappait à Utam et où il lui fallait demander l'aide de son patron.

Boris eut le temps de voir Aimé partir à la recherche d'un taxi et la filature commença.

Prem aimait bien conduire lui-même sa voiture. La circulation était chargée, le *bikeman* aurait pu rouler cent fois plus vite que l'Ambassador. Sur les injonctions de Boris qui lui tapait sur l'épaule, il restait à distance raisonnable de la « cible ».

Prem s'engagea dans Shivaji Marg, Patel Marg et Gandhi Road, puis dans Dr Bhadkam Road pour arriver au quartier de Kamatipura. L'environnement avait évolué du Colaba « international » au Bombay des grandes avenues flanquées de bâtiments officiels, pour finir dans un quartier de petite bourgeoisie, à la frange des *slums*.

En quelques secondes, la nuit tropicale était tombée.

L'Ambassador se gara dans la rue du Dr Bhadkam et la moto de Boris la dépassa pour s'arrêter un peu plus loin. Boris vit dans le rétroviseur Prem mettre un casquette écossaise et chausser d'inutiles lunettes de soleil, sortir de la voiture et passer à un mètre de lui. Boris le photographia mentalement, dissimulé sous son casque intégral crasseux.

— C'était parfait, dit Boris au *bikeman* en lui tendant encore cent roupies, tu vas m'attendre ici et je vais garder ton casque.

Cent mètres plus loin dans la même rue, un attroupement excité indiquait un événement inhabituel.

Ecartant brutalement la population, Prem pénétra dans une maison à trois étages surplombée d'une enseigne au néon rouge portant les chiffres *403* et d'où semblait provenir le scandale.

« Un bordel », pensa Boris. Il n'eut pas le temps de réfléchir plus avant, Aimé Brichot l'appelait depuis l'intérieur d'un taxi. Il avait réussi à « coller » à sa flèche.

— Prem est rentré au *403*, apparemment un bordel, lui apprit Boris.

A ce moment, des flammes jaillirent soudain d'une fenêtre du bordel en question, et la foule poussa un oh ! de surprise.

Dans l'assistance, un des badauds, un vieil Indien poivre et sel à l'allure très responsable, se mit à hurler en anglais :

— Pas de panique ! Au feu ! Appelez les pompiers, au feu ! Surtout pas de panique !

Tout à coup, trois Indiennes sophistiquées jaillirent de la maison. La première était poudrée de blanc et habillée façon « lady » anglaise, la deuxième en uniforme violet et blanc d'écolière, et coiffée de deux tresses, et la dernière en femme fatale, longue robe de lamé et interminable fume-cigarette.

Avide de curiosité, la foule les entoura, les avala immédiatement. Il y avait à présent des milliers de badauds et leur nombre augmentait de minutes en minutes...

Quatre Indiens sortirent à leur tour de l'immeuble en flammes sans se presser. Boris et Aimé reconnurent Prem en tête du groupe. A leur vue, une rumeur parcourut l'assistance : la police.

Il était réel qu'avec leur air de tranquille impunité, les trois truands et leur chef à casquette et lunettes noires pouvaient passer pour une petite escouade de la Brigade Mondaine locale, en pleine descente dans un bordel à gros numéro.

A cette seconde, une vieille femme maigre aux longs cheveux blancs jaillit de la maison comme un diable. Elle était grotesquement accoutrée de l'uniforme de collégienne elle aussi, mais dépoitraillée et laissant apercevoir un sein ridé, marqué de traces de coups.

— La vieille dingue du *403!* dit un homme dans la foule.

La vieille se jeta sur Prem en criant en plusieurs langues. Au milieu d'une phrase en marathi elle passait à l'anglais, suivi d'interjections hindi.

Mais ce qu'elle hurlait en anglais était clair.

— Arrêtez-les ! Ce sont des incendiaires, des gangsters, des *dacoïts !* Police, police, appelez la police !

Prem prenait l'air gêné du politicien respectable agressé par une folle furieuse.

Soudain, précédé de sons de cloches frappées à toute volée, la grande échelle des pompiers apparut du bout de la rue.

L'attention du public s'en trouva distraite. D'autant plus qu'un coup de tonnerre formidable annonça une averse imminente...

Pendant ce temps, Prem essayait de se dégager de la vieille folle accrochée à son veston, il détachait un à un ses doigts agrippés, aidé d'Utam qui la tirait violemment en arrière.

— Salaud ! C'est toi qui as mis le feu avec ta bande d'incendiaires ! Salauds !

Personne n'écoutait les injures de la vieille. Les dernières prostituées, beaucoup plus affriolantes, sortaient en toussant de la maison en feu, accaparant l'attention des badauds.

Peu à peu, Prem et ses hommes s'étaient éloignés du bordel, ils avaient manifestement l'intention de se fondre dans la foule et de disparaître.

Mais cette vieille tenace refusait de lâcher prise ; elle les bloquait.

Soudain, les traits du visage de Prem changèrent. Exaspéré, il demanda quelque chose à Utam qui lui tendit immédiatement une pointe de brochette. Vérifiant d'un coup d'œil circulaire ultra rapide que personne ne le regardait, Prem fit un mouvement du bras vers l'arrière et embrocha de toutes ses forces la vieille prostituée qui s'effondra avec une grimace.

Les quatre hommes se mirent aussitôt à courir.

Mais Boris surgit devant Prem, le prenant à revers.

Comme d'autres *bikemen* de la foule, il avait conservé son casque intégral sur sa tête, ce qui lui donnait l'apparence d'un justicier de bande dessinée.

Utam se retourna aussitôt et fit front. C'était son job d'avoir des réflexes quand quelqu'un s'interposait devant son patron avec l'allure déterminée de Boris Corentin.

Boris n'avait pas oublié qu'il se trouvait en Inde, désarmé et sans pouvoir. Mais, très simplement, il ne pouvait laisser s'enfuir ainsi l'homme qui venait de poignarder une vieille femme sous ses yeux.

A première vue, le combat paraissait inégal : Boris semblait presque fluet comparé au géant. Utam tenta un coup de pied de karaté en deux temps, levant d'abord la jambe pliée et détendant brusquement le pied la fraction de seconde suivante. Une attaque définitive si elle atteint les parties génitales…

Tout se joua en moins d'une seconde : beaucoup plus rapide que le géant, Boris se fendit et lui attrapa son pied en plein vol.

Et ne le lâcha plus.

Utam, stupéfait, se retrouva en équilibre instable, il sautillait sur une jambe, grotesque. Boris tira sur son pied pour rapprocher Utam de lui et le bourra méthodiquement du gauche, visant le bas du visage simiesque du Malabar.

Boris atteignit le menton, le percuta, doubla, tripla… A chaque coup au but, la tête massive du porte-flingues était violemment tournée dans un mouvement involontaire, à droite, à gauche…

Il ne repoussa finalement le gorille que certain de l'avoir mis hors de combat. Et il s'écroula en effet. KO technique…

Il lui fallait maintenant intercepter le véritable assassin et ses deux sbires. Scrutant la rue, il repéra au loin les trois silhouettes qui s'enfuyaient dans la nuit au milieu de l'hystérie collective qui s'était emparé de la foule.

Le tonnerre grondait, des femmes criaient, se griffaient le visage et invoquaient Kali, la déesse de la purification par la destruction. Les plus calmes aidaient les pompiers à se déployer.

Boris lança un départ fulgurant à la poursuite de Prem qui disparaissait, loin de l'incendie dramatique. Le rattraper paraissait presque impossible mais Boris « tricota » de toute la vitesse de ses jambes. Il dut battre un record sur cent mètres pour parvenir à lui saisir l'épaule, obligeant Prem à se retourner.

Les deux adversaires se jaugèrent une longue seconde.

Prem comprit que, physiquement, il n'avait qu'une seule chance : tuer sans hésiter. Il charga, la pointe en avant. Boris lui saisit le poignet, le leva en l'air et le retourna dans le dos de l'Indien qui lâcha immédiatement la brochette avec un juron de douleur.

Abdul et Rajindra voulurent courir au secours de leur chef mais Aimé qui, en taxi, était arrivé sur place, intervint et les mit en fuite en criant « Police ! Police ! »

Boris tenait Prem plié en deux, par son bras retourné plus haut que sa tête. Il le poussa vers le taxi d'Aimé, demanda au chauffeur d'ouvrir le coffre et y jeta Prem sans se préoccuper de ses éructations.

— Vous n'avez pas le droit ! protestait celui-ci, s'étouffant de haine, vous allez entendre parler de moi !

Puis, ordonnant au chauffeur du taxi une marche arrière jusqu'au corps toujours inanimé de Utam, les deux policiers français chargèrent ce dernier dans la voiture. Boris dégrafa ensuite son ceinturon dont il se servit pour entraver les deux poignets du malabar au pied du siège arrière. Même s'il se réveillait, l'homme était désormais inoffensif.

Non loin d'eux, un groupe de pompiers s'affairaient autour du corps de la vieille prostituée qu'ils transportèrent sur un brancard jusqu'à un camion ambulance. Pointilleuse sur la qualité des malades convoyés, le véhicule sanitaire proclamait sur ses flancs : *Not for infectious deseases*[1] !

Quelques vingt minutes après, le taxi d'Aimé et Boris s'immobilisa devant l'enceinte de barbelés qui

1. Pas pour des maladies infectieuses.

protégeait le quartier général de la police. S'adressant au planton, Boris fit appeler Hari, le superintendant de la *Foreign Branch* qui surgit trois minutes plus tard et donna l'ordre de laisser pénétrer la voiture.

— Vous avez de la chance de me trouver à mon bureau à cette heure-ci, que vous arrive-t-il ? demanda Hari.

— Nous venons d'être témoin d'une tentative de meurtre contre une vieille femme, expliqua Boris en lui désignant Utam ligoté dans le taxi. L'homme que vous voyez là n'a fait que s'interposer pour faciliter la fuite du tueur. Celui qui a frappé, et avec cette pique à brochette, est dans le coffre.

Utam avait repris conscience. Il se mit à parler soudain. A l'intention de Hari.

Il s'était exprimé en marathi, avalant les mots comme un détenu voulant éviter d'être compris des matons. Mais Aimé et Boris avaient pigé.

Le visage de Hari se métamorphosa.

Décomposé, effaré, offusqué, il articula :

— Je… D'après les accords passés entre nos deux gouvernements, vous n'avez pas le droit de procéder à une arrestation sans ma présence ou celle d'un des inspecteurs de la *Foreign Branch*.

— Rassurez-vous, nous dirons que vous étiez avec nous et tout le bénéfice vous en reviendra, répliqua Boris.

— L'homme dans le coffre est un meurtrier, nous en témoignerons devant la cour, vous pouvez compter sur nous, rajouta Aimé.

Hari ne répondit pas et appela les gardiens armés de l'entrée.

— Ouvrez immédiatement ce coffre.

Le chauffeur du taxi se précipita avec les clefs avant que les policiers ne le force.

Prem était couché de côté sur la roue de secours. Il jaillit comme un forcené et essaya de se recomposer une dignité en lustrant son beau costume.

— Je porte plainte ! explosa-t-il en fixant Boris dans les yeux. Ces fous m'ont attaqué sans raison, enlevé et séquestré… Je suis le Premier conseiller de l'ambassadeur de l'Inde à l'ONU…

Hari tenta de l'apaiser. Il ordonna aux gardiens de reconduire à l'extérieur Aimé et Boris et voulut entraîner Prem vers son bureau en le prenant par l'épaule.

— Et moi, vous me libérez s'il vous plaît ? implora alors Utam toujours entravé à l'intérieur du taxi.

Hari ouvrait déjà la porte du taxi pour libérer Utam qui soufflait des jets de vapeur de fureur…

Un regard de Prem l'arrêta et Hari comprit.

— Non, toi pas tout de suite ! ricana finalement ce dernier qui lança une paire de menottes aux gardiens en leur ordonnant :

— Bouclez-le !

— Je constate que le superintendant Hari reçoit ses ordres de Ram Prem ! articula Boris d'une voix posée.

Furieux, Hari se précipita sur lui :

— Messieurs, maintenant vous allez rentrer chez vous et j'espère pour *vous* que l'incident est clos !

— C'est incroyable ! siffla Boris entre ses dents.

— Laissez-moi faire mon métier ! gronda Hari. Cette nouvelle affaire de toute façon n'a rien à voir avec la mort de votre concitoyen.

— Au contraire ! s'écria Aimé.

— Et je pense que vous le savez très bien, ne put s'empêcher d'ajouter Boris.

— Calmez-vous et rentrez à votre hôtel, je vais vous faire raccompagner par une voiture de patrouille.

Au *Taj Mahal Hotel*, les échos de cet incident ne tardèrent pas à leur parvenir…

Les deux policiers français grignotaient sans appétit un plateau-repas qu'ils avaient fait monter dans leur chambre. Le téléphone sonna presque tout de suite. Boris regarda son chrono Rolex. Onze heures du soir, cinq heures en France.

Charles Badolini évidemment. Hors de lui.

— L'ambassadeur de l'Inde à Paris s'est plaint au ministre qui vient de m'appeler ! hurla-t-il. Vous vous seriez laisser aller… à importuner un célèbre… membre du corps diplomatique indien ?

Le satellite laissait des blancs dans la conversation longue distance.

— Ecoutez patron, commença Boris, nous ne pouvons pas vous parlez au téléphone, sachez seulement que ce « diplomate » est un tueur, mêlé à l'assassinat de Jacques Maillet, nous sommes sûrs de ces accusations… très graves… oui, nous en sommes conscients.

— Vous avez des preuves ?

— Nous l'avons vu poignarder une Indienne…

— Je veux dire… vous avez des preuves… de sa culpabilité dans l'affaire Maillet ?

— Pas encore mais une enquête bien conduite, avec la collaboration de la police indienne, les produirait en un jour.

— Moi je vous crois… mais Delhi exige des preuves. Quant à cette Indienne poignardée… Vous n'avez pas été envoyés là-bas pour jouer les Zorro et les redresseurs de torts. Concentrez-vous sur Maillet, bon sang ! Votre mission se trouve là pas ailleurs.

— Nous ne faisons que ça.

— Je ne veux plus être à nouveau rappelé à l'ordre par le Quai d'Orsay… Débrouillez-vous pour être dis-crets ! New Delhi voulait vous expulser immédiatement… Le ministre français a sauvé vos têtes pour l'instant. Mais au prochain incident attendez-vous à être reconduits à l'avion, enchaînés dans le Boeing…

— Compris patron.

— Maintenant Delhi vous a repéré comme deux virulents néocolonialistes, il est à prévoir que vous allez être surveillés…

Badolini avait raccroché. Boris ravala sa rage et appela Sushila, s'excusant de son départ précipité, et de sa frustration conséquente…

L'Indienne arriva sans tarder, toute pimpante et les lèvres gourmandes.

Mais Boris la repoussa gentiment :

— Excuse-moi, ce n'est pas le moment, la situation se complique.

Sushila arrondit les yeux.

— Vraiment ?

Boris prit l'air sombre :

— Tu ne sais pas à quel point…

CHAPITRE X

La Déesse regardait, sans les voir vraiment, les fascinantes gouttelettes de pluie, chargées de poussières et irisées par le soleil nouveau qui se levait. Sur le pare-brise apparaissait un entrelacs d'arcs-en-ciels microscopiques, tout un univers infiniment petit qui la rassurait.

Ses années de vie cloîtrée avait développé son monde intérieur. Perdue dans ses méditations, elle était capable de fixer le bout de sa chaussure durant huit heures sans ressentir d'ennui. Les viols répétés qu'elle subissait avaient renforcé cette hébétude de son âme. Peut-être cet entraînement à la rêverie, né quand elle était déesse vivante, à répéter des millions de fois le même *mantra* [1], la sauva-t-elle de la folie. Qui l'aurait saisi si elle n'avait pu recourir à cette évasion, et la certitude qu'il existait un monde « ailleurs », fait de spiritualité, de sérénité et de chasteté…

C'était l'aube du quatrième jour de voyage et il fallait franchir la frontière… Comme elle avait perdue sa carte d'identité népalaise à Bombay, Lek voulut d'abord l'abandonner sur place. Drivni Chain serait alors devenue une des nombreuses prostituées misérables des cabanes de la frontière.

---

1. Litanies. Phrase à la gloire de Dieu dont la répétion inlassable est censé dissoudre l'ego et élever l'âme.

— Non ! lui avait crié la Déesse, tu as promis de me ramener au Népal. Je vais me cacher sous les bananes. Si les douaniers me découvrent, tu n'auras qu'à dire que tu ne me connais pas, que je ne suis qu'une passagère clandestine…

Lek accepta et elle s'ensevelit vivante sous des tonnes de régimes à l'odeur écœurante.

Son cœur défonça sa poitrine quand elle sentit physiquement la présence des douaniers indiens puis népalais tourner lentement autour du camion. Elle entendit crisser leurs gros godillots et l'un d'eux enfonça même un bambou sous le chargement, manquant la transpercer.

Sympathique et bavard, Lek offrit quatre régimes à chaque poste frontière et le contrôle fut rapide.

Tremblante mais triomphante, la Déesse remonta dans la cabine deux kilomètres après Birganj, et Lek éclata de son grand rire égrillard.

Ils roulaient à présent sur le sol du Royaume népalais. Mais c'était le Teraï, la grande plaine plate qui s'étire le long de la frontière indienne, couverte de jungle ou plantée de cannes à sucre et de riz. Rien n'indiquait encore le paysage de haute montagne.

Pourtant, droit devant le capot, apparut peu à peu à l'horizon un très vague front nuageux blanc, plus haut dans le ciel que des nuages habituels. Les pensées de la Déesse se perdaient dans ces nuées indistinctes, noyées par les ondes de chaleur.

Soudain, le cœur de Drivni fit un bond. Il ne s'agissait pas de nuages mais de la chaîne du Mahabharat.

— Népal ! dit Lek souriant en désignant les montagnes qu'il voyait bien la millième fois.

Pour l'instant tout allait bien, ils roulaient à fond, au moins soixante-dix kilomètres à l'heure et la route était rectiligne. Mais Lek redoutait que la dépression cyclonique d'hier soir n'ait détrempé les cols qu'ils allaient devoir franchir…

A Amlekhganj, bourgade de *tchaï shops*, Lek alla chercher deux repas servi sur des feuilles de bananiers. Par la fenêtre, la Déesse contemplait, bouleversée, ses compatriotes, des hommes qui allaient et venaient autour du camion, en costume traditionnel népalais.

Quelques bus surchargés les dépassèrent, raclant le sol, une petite foule en guenilles agrippée sur le porte-bagages du toit.

Plus loin, la route devint très vite spectaculaire, frôlant des abîmes, surplombée de rochers branlants. Drivni ne rêvait plus, elle revivait sous l'air frais, surexcitée de retrouver ses montagnes. L'altitude était encore modeste pour le Népal, mille mètres, elle voyait des champs de bambous et des forêts labyrinthiques d'acacias-parasols, les premiers papillons népalais et toutes sortes de singes. Des vallées de cultures de riz en terrasse témoignaient du travail surhumain d'innombrables générations.

La route, de plus en plus accidentée, montait toujours. Plus haut, Drivni et Lek traversèrent des rizières que le climat subtropical autorisait encore à deux mille mètres, puis des champs de blé jusqu'à deux mille huit cents mètres. L'œil de Lek avait pris une fixité d'aigle. Tournoyant sans cesse son grand volant, le Sikh dessinait une trajectoire précise, zigzagant entre les bords extrêmes des précipices dépourvus de garde-fou. Dressée à la fenêtre, la Déesse contemplait des ruisseaux vertigineux sous ses pieds, au fond des vallées à pic.

Ils firent une nouvelle halte à Hetauda ; le camion y fut accueilli par un petit groupe de Népalaises qui tenaient les commerces. En robe longues noires et *doti* multicolores de laine, elles avaient toutes le type montagnard prononcé, les yeux très bridés.

La Déesse se sentit comme elles, chez elle. Elle n'avait plus peur de la police et sauta du camion à l'invitation de Lek, boire un *tchaï* sirupeux au lait de bufflesse, ces monstres préhistoriques au gros anneau dans le mufle, qu'on voyait paître en ce début d'après-midi sous la garde d'enfants minuscules.

Deux autres véhicules étaient stationnés sur la place du village, surchargés de voyageurs agrippés au chargement ; Lek était le seul à rouler « en tête à tête » avec Drivni, et, comme il refusait systématiquement les passagers, la tenancière de la *tchaï shop*, une « vahiné de la montagne » au franc parler comme elles le sont souvent, l'interpella :

— Aurais-tu marié une Népalaise, le Sikh ? lui demanda-t-elle.

— Mais oui, ça t'étonne ? répondit le routier rigolard en enlaçant Drivni, geste très osé qui semblait confirmer de justes noces.

Les consommateurs s'esclaffèrent tant une telle union leur paraissait inconcevable.

— Je rentre simplement chez ma mère, près de Pokara, et il me ramène, expliqua la Déesse en se dégageant de Lek.

Le routier ressentit un trouble inattendu, quelque chose qui ressemblait à un petit pincement au cœur : il venait de réaliser qu'il allait bientôt perdre Drivni.

— En route, lança-t-il, sinon nous ne serons pas à Katmandou ce soir ! dit-il.

Lek s'aperçut qu'il le souhaitait presque.

Dans le camion, il l'attira près d'elle, lui courba la tête jusqu'à sa braguette ouverte et lui ordonna :

— Tu vas me caresser et me sucer durant les six

heures qu'il nous reste à convoyer ces vingt tonnes de bananes.

Après ce qu'avait vécu Drivni, c'était presque bénin.

Elle glissa docilement sa petite main et effleura son sexe durci.

Lek embraya et passa ses vitesses en frémissant de plaisir.

Drivni maniait le sceptre sur un rythme de métronome. Elle avait l'impression que grâce à ses caresses le camion la rapprochait de sa vallée. Son pouvoir était formidable, les hommes étaient à sa merci, à son service…

Accroupie sur le plancher et le moteur dans ses oreilles, elle le prit lentement entre ses lèvres. Lek tournait et retournait son volant et son membre tressautait sous la langue de Drivni.

Elle toussa, s'étrangla à plusieurs reprises sous le jet brûlant qui lui envahissait la bouche mais, à chaque fois, il l'agrippait par les cheveux et lui remettait la tête au bon endroit.

— Encore ! Tu n'as pas le droit de t'arrêter. Jamais !

Quand elle se lassait, les maxillaires endoloris, Lek lui disait :

— Vas-y ! Continue ! Sinon je nous jette dans le vide, je précipite le camion, toi et ces putains de bananes dans le gouffre !

La Déesse le croyait assez fou pour passer à l'acte.

Lek se mit alors à lui raconter ce qui lui passait par la tête, qu'elle était belle et une brave fille, qu'il était seul, à ne coucher qu'avec des prostituées abruties, qu'il mettait des dollars de côté afin d'épouser une Sikh, sa fiancée depuis dix ans qu'il n'aimait plus.

Il explosa encore une dernière fois et enfin son sexe ne fut plus qu'un long serpent mou et rouge, impossible à ranimer.

*
* *

A Bombay, réveillé par l'aube, Prem contemplait les boiseries rehaussées de filets doré, les tentures surchargées et les moulures en arabesques du plafond de la suite 414. A cent mètres des chambres de Boris et Aimé.

Les yeux injectés de sang, Prem ne décolérait pas et n'avait pratiquement pas dormi. Quand il pensait à l'insolence de ce flic français, sa haine le suffoquait, l'empêchait de respirer et il donnait des coups de pied dans les meubles moghols d'époque.

Sa fantastique humiliation l'avait laissé écumant. Lors de son bref séjour en prison (soixante-huit jours), il avait été traité avec des égards. Il avait convoqué la presse et protesté de son innocence, puis il était rentré de lui-même dans l'établissement pénitentiaire. On l'avait installé seul dans une vaste cellule. Il avait pu répondre à son courrier, recevoir des journalistes et des coups de téléphone. Après deux mois et une longue semaine, il avait obtenu le régime de la semi-liberté, prétendant avoir trouvé un « emploi »... Rien à voir avec la brutalité de ce barbare, ce néocolon de flic européen qui avait manqué lui casser le bras, et l'avait jeté dans un coffre graisseux de vieille bagnole.

Dès sa libération de ce coffre ignominieux, Ram Prem avait pesé de tout son poids afin d'obtenir l'expulsion immédiate des deux Français. Il se voyait en train de les escorter menottés jusqu'à l'aéroport pour sa revanche. Il en avait appelé à Singh et aux plus puissants parrains de Delhi.

— L'expulsion est impossible, lui avait répondu Singh, le Premier ministre ne veut pas. Et je ne voudrais pas être éclaboussé par un de vos scandales auxquels je ne veux surtout rien comprendre...

Singh lui avait recommandé de sacrifier Utam. Peut-être une idée du Premier ministre... Merci du conseil mais Prem avait déjà décidé d'en finir avec Utam. C'était un fusible qui devait sauter. Le Malabar était trop sauvage en effet. Un homme de main dévoué mais qui s'était laissé dominer physiquement, en un quart de seconde, par un de ces foutus policiers français. Utam était un gladiateur qui avait perdu.

Quant à la Déesse, elle était toujours introuvable, volatilisée. Personne ne l'avait revue. A part un petit rabatteur minable qui prétendait avoir aperçu une Népalaise lui ressemblant monter dans un camion dont il avait noté l'immatriculation. Sans grande conviction, Prem avait pourtant fait vérifier l'information. On lui avait confirmé, en effet, qu'un véhicule correspondant à cette plaque minéralogique, un gros Tata chargé de bananes, faisait route vers Katmandou.

Malgré ce début de piste, Prem avait l'impression que sa bonne étoile l'abandonnait. Il lui fallait retrouver cet enthousiasme de ses premières années, quand les journalistes le citaient en exemple de réussite, il y avait bien longtemps...

« Votre situation commence à sentir le roussi », lui avait dit Singh en substance. Peut-être le moment était-il venu de se mettre au vert ? D'aller retrouver sa vieille maîtresse si apaisante de Katmandou. Au Népal, là où se trouvait, semblait-il, la Déesse...

Oui, il fallait partir au Népal. Avec Rajindra et Abdul. Les deux réunis ne valaient pas Utam mais il lui fallait bien une escorte.

Ce voyage au Népal lui parut tout à coup d'autant plus indispensable qu'il y avait le problème du vieux Birla à régler...

Birla qui pouvait témoigner lui avoir refilé cette fille si compromettante. Les souteneurs ont une loyauté très élastique. Et Prem voulait se venger de Birla. Ce proxénète qui lui avait vendu une vierge faisandée tout juste bonne à lui ramener une tonne de problèmes…

Prem avait toujours écouté ses intuitions. Il sortit sur Strand Road et acheta trois billets d'avion Indian Airlines pour Katmandou. Décollage l'après-midi. Puis, il se rendit dans le *slum* où il était né, chercher Abdul et Rajindra.

Le plus vieux, Abdul, trente-sept ans, était un musulman de Bombay chargé de famille nombreuse. Sa figure préoccupée en permanence lui donnait un air plus vieux que son âge. C'est que sa vie n'avait pas été facile. Et il avait croupi plus d'un an dans une prison infernale. Un véritable camp de la mort. Il aurait de beaucoup préféré mourir que d'y retourner un seul jour.

Abdul n'avait jamais travaillé normalement et ses activités délinquantes lui paraissaient normales. Qu'aurait-il pu faire d'autre ? Il avait tâté du trafic de drogue mais n'était pas assez diplomate pour faire un bon dealer. Même au niveau du commerce de détail, il n'avait réussi qu'à récolter des ennuis. Proxénète exigeait aussi un doigté, une classe et une séduction auprès des filles qu'il ne posséderait jamais.

Mais c'était un fils du *slum* et il savait bien se battre, efficace et sans frime inutile. L'engagement de Prem, avec une paye régulière, avait été un ballon d'oxygène pour ses six enfants.

Ram lui avait payé un costume, le premier de sa vie, et n'exigeait que des services faciles. Encaisser quelques créances, terroriser un commerçant… Ou simplement, l'accompagner pour « faire le poids », lui ouvrir la porte et porter sa serviette. De temps en temps, Abdul conduisait la grosse Ambassador de Prem à la place d'Utam. Ces jours-là, sa fierté n'avait plus de bornes.

Rajindra était plus jeune, vingt-quatre ans, de confession hindoue et tout juste au-dessus du seuil de débilité mentale. Quelques semaines de malnutrition dans sa toute petite enfance avaient suffi à bloquer la croissance de ses neurones. Sinon, c'était un garçon bien bâti, au regard placide trompeur. En fait, sa sauvagerie pouvait être inouïe.

Le père de Rajindra déjà était au service de Ram Prem. Il avait laissé sa vie dans un règlement de compte aux temps sauvages où Prem constituait sa fortune grâce à son laboratoire clandestin. Prem avait été moralement obligé d'engager Rajindra, personne n'aurait compris une autre attitude dans la mafia des *slums*. C'est ainsi que se constituaient des clans et tout un maillage de réseaux et d'obligations réciproques.

Prem rejoignit les deux hommes dans un bouge où ils avaient leur quartier. Il commença par leur expliquer qu'il avait dû congédier Utam et leur annonça un départ immédiat pour Katmandou.

Aucun des deux n'avaient jamais pris l'avion.

Rajindra ouvrit des yeux ronds devant le modernisme, pourtant relatif, de l'aéroport Santa Cruz qui desservait les lignes intérieures et assurait certains vols moyen-courrier internationaux. Plus tard, il manifesta une frayeur mal dissimulée quand il sentit le sol « s'élever » sous lui. Abdul au contraire joua les vieux truands blasés que rien n'étonne. Il profita de la situation pour commander à l'hôtesse un whisky indien Tree Star, le sommet du luxe pour lui. Il n'avait jamais été un bon musulman.

Quand l'Airbus survola l'Himalaya le spectacle devint éblouissant. Rajindra ne pouvait en détacher ses yeux. Il n'imaginait pas une beauté pareille sur cette terre. Entre les nuages, on apercevait de gigantesques glaciers bleutés, et beaucoup de sommets de plus de sept mille mètres, étincelants de neige éternelle.

Deux heures plus tard, ils atterrissaient à Tribhuvan, l'aéroport de Katmandou. Prem sauta dans un taxi Nissan avec ses deux acolytes.

Pour eux, il paya une semaine d'une chambre double à la guest-house *Yéti*. Un lieu central et économique.

— Votre première mission, leur expliqua-t-il, est d'intercepter un camion de bananes, un Tata immatriculé à Bombay et qui devrait arriver à Katmandou ce soir ou demain. Drivni Chain se trouverait dans ce camion dont voici le numéro.

Il leur tendit un morceau de papier. Pour ce qui était de lire les chiffres, Abdul y arrivait très bien.

— Vous allez attendre ce camion au marché aux fruits. Jusqu'à ce qu'il arrive.

Prem leur remit aussi un paquet de roupies népalaises et leur montra l'endroit où amener la Déesse quand ils l'auraient trouvée, un garage de la mafia locale. Ensuite, il leur indiqua l'adresse où ils pouvaient le contacter à Katmandou.

— Les ordres sont de ramener Drivni Chain dans ce garage et de me prévenir. Mais si la ramener vivante s'avère dangereux, vous l'éliminez sur place.

Ses consignes données et répétées, Prem se rendit à pied chez Munni. Une vieille maîtresse qu'il avait aidée autrefois. C'était sa principale « antenne » à Katmandou. Et sa base d'action.

Le grand public ne connaissait pas Ram Prem dans

la capitale du Népal. Il pouvait s'y promener incognito, sans ses lunettes noires et sa casquette écossaise et il en était heureux. Il était enfin redevenu un quidam, un anonyme Indo-Népalais comme beaucoup d'autres.

Prem se sentait libre tout à coup. Inconnu comme lors de sa jeunesse. Prêt à rebondir…

CHAPITRE XI

Les premiers rayons horizontaux d'un soleil tropical effleurèrent les rideaux et les tentures des murs s'éclairèrent doucement d'un lumière jaune pâle.

Boris reprit conscience.

— Tu es réveillé ? demanda Sushila en souriant.

D'un geste presque maternel, elle posa sa main sur l'épaule musclée de Boris. Elle aurait voulu pouvoir l'épargner, le protéger des violences de cette enquête qui le mettait en rage. Cet air soucieux qu'il avait dès le réveil... Il s'était battu hier soir et en portait encore les traces sur ses mains...

Mais, déjà, Aimé frappa de l'autre côté de la porte :

— Boris ! réveille-toi... Heu, je suis désolé de vous déranger mais il y a du nouveau et il faudrait rentrer en piste assez rapidement... Je commande les petits-déjeuners et je t'attends dans ma chambre dans cinq minutes, cria Aimé.

— OK Mémé.

Il y avait du neuf...

L'inspecteur divisionnaire Boris Corentin bondit dans la salle de bains carrelée jusqu'au plafond de mosaïques. Sushila, nue, courut l'y rejoindre et tous deux s'aspergèrent d'eau merveilleusement froide et se frottèrent sous la mousse rapidement.

Boris se sécha en urgence et sauta dans ses vêtements. Puis, tandis que Sushila s'apprêtait d'un maquillage léger et refaisait son chignon devant les grands miroirs, il bondit dans la chambre d'Aimé.

— Du nouveau, tu disais ?

— Oui... Tu sais que j'ai déjà mes informateurs dans cette ville... Et ses tuyaux sont excellents, vraiment excellents...

— Quelles sont ces nouvelles que t'a révélées Nok ? S'il te plaît, vite !

— Et bien voilà : Nok a des relations dans les agences de voyage... et les Indiens qui achètent un billet d'avion pour une destination étrangère doivent remplir une carte d'embarquement, bref les deux sources de Nok concordent : notre ami Ram Prem a acheté, tôt ce matin, trois billets pour Katmandou. Il doit être en plein embarquement, ou déjà dans l'avion, au moment où je te parle. Par ailleurs, Nok m'a révélé l'identité des deux Indiens qui l'accompagnent. Le genre « porte-flingues de base » d'après lui.

— Il va falloir bouger sur le Népal. D'autres nouvelles ?

— Il se confirme que King Kong, le gorille que tu as cogné hier, ne sortira pas de taule. Il a été collé au secret.

— Prem va évidement essayer de mettre sur le dos de ce pauvre type l'assassinat de Maillet...

— Confie-moi ton passeport, je vais essayer de nous trouver deux billets pour Katmandou le plus vite possible.

— Je n'ai rien à faire avant lundi matin, je peux venir avec vous ? demanda joyeusement Sushila en rentrant dans la chambre.

Boris et Aimé se regardèrent.

Après tout, pourquoi pas...

— D'accord, tu nous accompagnes, concéda Boris. A condition de me promettre de rester à l'écart du

« champ de bataille ». Je téléphone à Paris pour prévenir Badolini et nous partons.

Le seul avion avant l'Indian Airlines du lendemain était le 13h45 des Bouthan Airways. Un DC3 datant d'au moins quarante ans et dont le train d'atterrissage avait été visiblement renforcé au fer à souder. En plus, l'aile gauche était bandée d'une feuille de plastique adhésif. L'horreur… Or il n'y avait pas d'autre solution que de monter dans ce véritable cercueil volant.

— Tu as compris le lien entre Ram Prem et le TGV français ? demanda Aimé quand ils eurent lourdement décollé.

Il s'accrochait des deux mains aux accoudoirs : l'avion le secouait comme un shaker entre les mains d'un barman.

— Non, je ne sais pas, répondit Boris, mais ça me travaille moi aussi, fais-moi confiance.

— Ram Prem et les trains c'est nouveau, dit Sushila, son truc c'est plutôt la haute finance. Et repreneur d'entreprises en faillite, vautour quoi…

— Il n'est pas étonnant qu'un homme comme lui s'intéresse à un marché de cette importance, dit Boris. Les Japonais, les Allemands, les Italiens, les Américains voudraient bien vendre leur technologie… Leurs services secrets ont pu tenter de soudoyer des hommes politiques indiens, afin d'être choisi de préférence aux concurrents…

— Mais Prem n'est plus ministre, il n'a pas de pouvoir de décision dans le choix de l'un ou de l'autre, objecta Aimé.

— C'est vrai, mais il a pu servir d'intermédiaire, entre les Japonais et le ministre du commerce extérieur indien, par exemple, prélevant une généreuse commission au passage...

La vitesse de l'avion était lente, moins de trois cents kilomètres à l'heure, et le voyage devait durer six heures. Quand, au bout de trois heures seulement, l'appareil modifia le pas de ses hélices et amorça une descente vertigineuse, Aimé crut à une panne de moteur. Il se ramassa en boule sur son siège, prêt à un atterrissage en catastrophe et fut étonné de voir soudain une piste bétonnée surgir sous les roues.

En fait, il s'agissait d'une escale technique à Lucknow.

Le plein de kérosène fait, ils se lancèrent à l'assaut de l'Himalaya. Cette fois, il fallait passer des cols et l'appareil poussif y parvenait à peine. Enfin, secoués par les turbulences du relief, ils arrivèrent dans la vallée de Katmandou. Le DC3 rebondit plusieurs fois, sur la piste de l'aéroport de Tribhuvan, les pneus crissants et les ailes roulants d'un bord sur l'autre avant de s'immobiliser. Le commandant annonça que la température extérieure était de trente degrés et l'altitude de mille deux cents mètres.

La douane ne fut qu'une formalité rapidement expédiée à grands coups de tampons et de « *namasté* » [1] lancés par des fonctionnaires débonnaires. Boris et Aimé changèrent de l'argent et furent étonnés du tas de roupies népalaises, une vraie brique de papier, obtenue pour quelques dollars.

La nuit était à présent complètement tombée. Le chauffeur du petit taxi japonais jaune foncé voulut les orienter sur l'auberge de son « oncle » mais Sushila le coupa net.

— A Katmandou, je descends toujours au *Sualtee Oberoï* dit-elle, très princesse.

1. Bonjour ou au revoir.

— Je ne connais rien de Katmandou, fit Aimé. En dehors du fait que c'est une petite ville nichée au fond d'une vallée entourée de hautes montagnes…

— C'est d'abord une ville de temples, dit Sushila. Et un grand centre religieux.

En effet, des cohortes de moines en robe safran et le crâne rasé déambulaient dans les rues.

Voyager au Népal c'était voyager dans le temps.

Le paysage de la rue évoquait irrésistiblement le Moyen-Âge, avec la boue de ses trottoirs rarement pavés, ces femmes qui filaient la quenouille, ces mendiants cul-de-jatte sur des planches à roulettes, se déplaçant à l'aide de vieux fers à repasser…

— Le Népal est l'un des dix pays les plus pauvres du monde, poursuivit Sushila. Il n'a jamais été colonisé, c'est un pays d'agriculture et d'élevage qui ignore pratiquement l'industrialisation, les chemins de fer et même les routes, très difficiles à construire sur des montagnes trop jeunes, qui bougent sans cesse.

Les maisons de briques aux balcons de bois noirci avaient des toits débordants largement, des fenêtres grillagées de bois comme des confessionnaux et des portes très basses au-dessus desquelles on voyait souvent des svastikas.

— Ce sont de très anciens symboles sacrés indiens, expliqua Sushila, répondant à l'interrogation muette d'Aimé. Il s'agit d'une croix solaire symbolisant la vie toujours changeante ; elle est considérée ici comme un porte-bonheur. Je précise qu'elle n'a évidemment rien à voir avec l'idéologie fasciste même si les nazis en ont copié le dessin en inversant le sens des branches coudées.

Les Népalais, petits et larges d'épaule, arboraient presque tous un poignard courbe et lourd, dans un fourreau de bois décoré de turquoises.

— Le *kukri* dit Sushila, une arme redoutable et qui sert à tout, couper du bois aussi bien que des légumes. Le fourreau contient aussi deux autres petits couteaux, dont l'un est employé à allumer le feu en le frottant contre une pierre.

Les femmes étaient habillées de longues jupes noires, les épaules recouvertes de châles multicolores et les cheveux noués en catogans.

Ils passèrent devant un fastueux palais néo baroque, tout blanc, qui contrastait violemment avec l'architecture du reste de la ville.

— Le palais du roi Birendra, expliqua Sushila qui avait l'air de connaître la ville comme sa poche.

Elle demanda au chauffeur de leur montrer le centre ville et ils découvrirent les grands temples pyramidaux, aux toits multiples, dont l'image est célèbre dans le monde entier.

— Durbar Square dit Sushila, voici le Shiva Temple, le Narayan Temple, Gaddi Baithal, et le temple de Krishna... Et ce palais que vous voyez à gauche, c'est la Kumari Bahal, où a habité la fille que Prem recherchait à Bombay.

— Et qu'il n'a pas retrouvé à Bombay, intervint Boris. Il a dû penser qu'elle essaierait de rentrer chez elle. A moins qu'il n'ait eu des informations précises...

— Mais pourquoi recherche-t-il à tout prix cette fille ?

— Ça, c'est encore le mystère.

— En attendant, nous pouvons essayer d'apercevoir l'actuelle Kumari royale, proposa Sushila. L'ex-Kumari lui ressemble sans doute, ils les choisissent d'après leur ressemblance avec Durga...

Un petit groupe de pèlerins pauvres venus sans doute de montagnes lointaines psalmodiaient des mantras sous le balcon somptueusement sculpté de l'enfant-dieu.

Demandant au chauffeur d'attendre, ils sortirent du taxi et s'approchèrent. Sushila aborda les pèlerins puis, revenant vers les deux policiers français :

— Ils pensent que la Kumari viendra peut-être nous saluer du haut de son balcon, leur dit-elle, si nos prières sont assez ferventes. Alors prions.

— Je ne saurai jamais prier comme eux, dit Aimé rougissant.

— Il n'y a pas besoin d'être « baptisé » ou converti à quoi que ce soit pour pratiquer les rituels bouddhistes, insista Sushila. C'est plus une philosophie, une manière de vivre qu'une religion au sens ou vous l'entendez. Répétez après moi : « *Om Nama Shiva...* » Allons, un peu de persévérance ! Peut-être en voyant des Européens, voudra-t-elle se montrer par curiosité, ajouta-t-elle en chuchotant.

Quelques minutes plus tard en effet, les volets ouvragés du balcon s'ouvrirent et une petite fille d'une dizaine d'année apparut. En étrange robe brodée rouge et portant sur ses cheveux longs, lisses et noirs, une lourde tiare dorée.

Les pèlerins poussèrent des cris de joie et redoublèrent de ferveur dans leur mantra, atteignant la transe. La petite Népalaise leur adressa des signes de la main quelques secondes, une sorte de bénédiction souriante.

— Vous l'avez vue, nous pouvons partir à présent, dit Sushila.

Ils remontèrent dans leur taxi tandis que les pèlerins continuaient leurs inlassables litanies. Peut-être allaient-ils dormir sur place...

Des vaches sacrées passaient, nonchalantes et blanches, avec une bosse de graisse derrière la tête, tandis qu'ils retraversaient Durbar Square.

— Cette ville avait autrefois la réputation d'être la Mecque des hippies et des drogués, fit remarquer Aimé, j'avais même lu un livre sur ce sujet dans ma jeunesse, *Flash*, et à présent je n'en vois pas trop dans les rues…

— Il y a longtemps que Katmandou ne correspond plus à sa réputation répondit Sushila. Les routards et autres hippies attardés faisaient fuir les grands touristes, les trekkeurs et les alpinistes, ils ne dépensaient pas d'argent et ne ramenaient que des ennuis. Le roi a d'abord interdit les *haschich shops* [1], à la demande des Américains. Puis une loi a obligé les étrangers à dépenser un minimum de dollars chaque jour, ce qui a éliminé les plus mal en point. Il ne reste que les hippies de luxe et les bouddhistes occidentaux, venus étudier auprès des grands maîtres tibétains exilés au Népal…

Ils dînèrent rapidement d'une nourriture internationale à l'*Obéroï*. Puis, Aimé annonça qu'il allait dormir sans tarder et se retira dans sa chambre.

— Et si nous reprenions notre conversation interrompue ce matin à Bombay… proposa Boris à Sushila.

Ils étaient si souvent interrompus… Cette phrase devenait un rituel dès qu'ils se retrouvaient enfin seuls. Elle aurait presque pu suffire à faire jouir Sushila…

— Avec grand plaisir, répondit-elle en s'étirant, très chatte persane. Oh pardon, j'oubliais tu es en service…

1. Magasins où l'on pouvait acheter de la drogue en toute légalité.

CHAPITRE XII

Surgie du fond de sa mémoire, une image s'incrusta dans l'esprit de Prem ; l'image d'une photo d'affiche d'exposition entrevue un jour quelque part, mais où ? Prem réalisait dans un éclair la vieillissante beauté de Munni, son ancienne maîtresse aujourd'hui retrouvée.

Bien sûr, elle avait changée, bien sûr elle n'était plus gracile et jeune, loin de là. Mais elle restait belle…

…Comme un Maillol. Oui ! exactement comme ces bronzes du sculpteur français aperçus un jour sur une affiche et qui l'avait bouleversé.

Par leur fantastique sensualité.

Les yeux toujours rivés sur la silhouette généreuse de Munni, Prem retrouva les accents de sa voix de jeune homme :

— S'il te plaît, j'ai envie de te faire l'amour, murmura-t-il.

Alors, dans un geste lascif, répétant un rituel très ancien entre eux, Munni lui offrit ses seins.

En avaient-ils en commun des souvenirs… Ils avaient grandi ensemble dans le même *slum* particulièrement sauvage de Bombay et avaient connu ensemble, lui à treize ans, elle à quatorze, leur première expérience amoureuse.

Munni était la fille d'une prostituée népalaise de Falkland Road. Elle et sa mère possédaient une cabane dans le même bidonville qu'un petit Intouchable qui allait réussir au-delà de ses espoirs les plus fous, devenir financier, et apporter la preuve que tout était possible aux pauvres.

Prem n'avait jamais oublié Munni. Il avait l'amitié solide, c'était même une des bases de sa réussite.

— Tu te rappelles les timbres contre la lèpre ? lui demanda-t-elle.

— Non, qu'est-ce que c'était que cette histoire ?

— A l'école, on nous avait donné à vendre, à nous les gosses, des timbres. Le produit de la vente devait servir à financer la lutte contre la maladie. Les autres mômes n'avaient réussi à fourguer, au grand maximum, que deux ou trois timbres, à leur mère, un oncle… Toi tu t'étais rendu à Chowpathi beach et tu avais vendu tes quarante timbres dans l'après-midi. Ensuite, tu avais prétendu avoir perdu tes timbres, et tu avais acheté une table de ping-pong pour les enfants lépreux du *slum*.

— Je m'en souviens vaguement…

— Et la grande campagne d'Indira Gandhi… contrôle des naissances à coup de vasectomies… Tu étais revenu dans le *slum* persuader les hommes de se faire couper les couilles ! Même les musulmans y étaient passé avec toi… Tu les avais convaincus. Pour leur bien, évidemment…

— Ah oui, ça me revient en effet ! Les médecins officiels voulaient me les couper à moi aussi… « Montrez l'exemple », ils me disaient ! « Commencez donc par vous-mêmes », je leur répondais. Le pays a quand même vécu des délires incroyables avec cette dingue d'Indira…

— Tu as toujours su vendre n'importe quoi à n'importe qui, et d'abord ce qui coûte le plus cher : le vent. C'est un don, ton karma…. Mais qu'est-ce qui t'arrives, aujourd'hui ? Je ne te reconnais plus, tu as changé Prem, je ne t'avais jamais vu comme ça, aussi tendu, agressif presque…

— Oui, c'est vrai. Ecoute, à toi je peux bien le dire, il m'est arrivé quelque chose d'horrible : j'ai le sentiment d'avoir trahi les miens ; pire, je ne les supporte plus… Toute cette misère, cette pauvreté résignée, ça m'est devenu intolérable. J'ai même frappé une vieille à Bombay. Je ne sais pas ce qui m'a pris, une faute, une erreur… Mais le plus grave c'est que deux flics m'ont vu. Et des Français ! Des incorruptibles tenaces comme ils en ont là-bas…

— Tu avais déjà éliminé des gens à quinze ans…

— C'est juste mais il y avait de bonnes raisons. Il s'agissait toujours de traîtres qui connaissaient nos lois…

Munni remit sa jupe népalaise longue et noire et son collier de femme mariée. Devant sa glace, elle apposa un *sindur*, un point de poudre rouge dans la raie de ses cheveux. Encore un signe réservé aux épouses officielles.

Munni n'avait jamais été mariée mais elle en arborait volontiers les signes extérieurs. Mise automatiquement hors caste par son métier, elle pouvait se le permettre : sur elle ça n'avait plus de sens.

A la mort de sa mère, Munni avait voulu rentrer à Katmandou et Prem lui avait acheté sa belle maison avec jardin, là où ils se trouvaient. Pour lui c'était un blanchiment d'argent et une façon de tisser son réseau, son organisation, le « système Prem », comme l'appelait la presse. Et puis Munni lui avait si souvent servi d'alibi, elle avait bien mérité sa récompense.

Mais la maison de Munni était beaucoup trop belle pour sa condition. Son installation dans cette rue avait fait scandale. « Impure », Munni risquait de « polluer » ce quartier de brahmanes pointilleux. D'autant qu'elle faisait encore un peu la pute à Katmandou, avec une petite clientèle de vieux habitués.

— Pourquoi tu as tué cette vieille à Bombay ? lui demanda-t-elle.

— En fait, je la croyais à moitié morte ; elle me poursuivait dans la rue, en hurlant qu'elle m'avait vu mettre le feu à son bordel... Elle m'accusait, me dénonçait, je n'ai pas pu le supporter... Et je n'avais pas remarqué ces deux salauds de flics français ! Ils s'étaient cachés sous des casques de moto !

— Bref, t'as encore les flics aux fesses.

— Tout pourrait s'arranger si je retrouvais cette fille, Drivni Chain, la Kumari de Birla, une vierge soi-disant... Si je parvenais à mettre la main sur cette petite garce, j'irais tout de suite beaucoup mieux. Tu ne l'aurais pas vu par hasard ?

— La dernière fois que j'en ai entendu parler, c'était il y a une dizaine de jours, elle partait à Bombay.

— Je sais, c'est moi qui l'avais acheté à Birla. Au fait, comment va-t-il, ce vieil escroc ?

— Je le vois de temps à autre, il m'envoie quelquefois des clients.

— Il habite toujours au même endroit ?

— Evidemment. Il a une vie très régulière, à son âge... Mais tu ne vas pas lui faire de mal à cause de cette déesse à moitié vierge qui s'est sauvée, hein ?

— Mais non, mais non... Qu'est-ce que tu vas imaginer.

— C'est que je commence à te connaître...

Restée seule, Munni s'effondra comme une enfant, secouée de larmes par l'appréhension. Puis, elle alla tourner les moulins à prière pour le karma de Prem et pleura encore beaucoup.

*
* *

— Par Allah ! murmura Abdul comme on pousse un râle de soulagement.

Enfin ! Bon dernier, arrivait le camion portant la bonne immatriculation. Abdul n'y croyait plus. Il y avait longtemps que Rajindra s'était endormi. Dans la lumière tremblotante des phares, Abdul pouvait lire le numéro du camion qui arrivait avec son chargement de bananes.

Abdul et Rajindra planquaient au marché aux fruits depuis des heures.

Le gros Tata alla rejoindre les premiers véhicules arrivés autour du marché où il se gara, dans l'attente, au lever du jour, de l'arrivée des grossistes qui achèteraient sa marchandise.

A l'intérieur, la Déesse, agenouillée sur le plancher d'acier surchauffé, avait les muscles maxillaires douloureux, le palais râpeux et les joues maculées d'avoir sucé Lek presque sans discontinuer depuis plus de cinq heures.

Le Sikh, lui, était passé par toutes les couleurs de l'arc-en-ciel. A présent livide, exsangue, il serra le frein à main et arrêta son moteur.

A cet instant, un homme bondit sur le marchepied.

C'était Abdul, soulagé d'en finir avec sa longue attente. Il aperçut aussitôt la Déesse qui levait vers lui ses grands yeux cernés et étonnés. La fille correspondait à la description et il n'eut aucun doute.

— Comment tu t'appelles ? demanda-t-il pourtant.

Drivni n'eut pas le temps de répondre.

— Qu'est-ce que ça peut te faire, sale musulman, rugit Lek en se reboutonnant en urgence, comment s'appelle ma femme !

— Ta femme, vraiment ta femme ? rigola Abdul.

Lek se pencha et saisit la fidèle manivelle à camion qu'il gardait sous son siège en prévision des explications délicates sur la route. Il repoussa Abdul et sauta du camion.

Débraillé et titubant, la braguette encore à moitié ouverte, sa manivelle à la main décrivant de grands moulinets, et son air halluciné, Lek apparaissait comme une véritable vision d'épouvante dans la lueur fantomatique des phares. Mais il avançait sur ce musulman de malheur et se sentait invincible…

La Déesse se redressa et ne put s'empêcher de crier « attention ! » au moment où Rajindra lui assena par derrière, en plein sur son cervelet, un coup à assommer un buffle.

Le bruit fut comparable au craquement d'une noix de coco.

— Cette petite matraque américaine marche bien, dit Rajindra, étonné lui-même de l'efficacité de son geste.

Terrible la seconde auparavant, Lek fut foudroyé. Il s'écroula sans un cri, raide sur les pavés disjoints, moyenâgeux, de Katmandou.

Alors, les éternels chiens errants qui hantent Katmandou, nuit après nuit, se mirent à aboyer. Et un routier sikh glapit comme en écho depuis l'autre côté de la place :

— Eh ! Mais c'est à Lek qu'ils en voulaient les deux-là. Les gars ! réveillez-vous, ils matraquent Lek !

— Dépêchons ! les Sikh rappliquent, ordonna Abdul.

Il se précipita dans la cabine où Drivni, terrorisée, tentait gauchement de se dissimuler. Abdul l'attrapa, sa poigne se referma sur elle comme un étau. Il l'expulsa hors du camion et partit à fond de train dans les rues très noires en la tirant, poursuivi par une meute de chiens pelés à demi sauvages.

Rajindra le couvrait. Il agitait sa fameuse matraque, la faisant siffler dans l'air, prêt à l'écraser sur le crâne du premier justicier sikh qui se présenterait.

Mais personne n'osa les suivre.

— T'as vu la tête qu'il a fait, quand tu l'as sonné ? le congratula Abdul. Mais quand même, t'as été long à venir. J'ai cru que t'arriverais jamais…

La Déesse n'osait pas crier. Abdul avait menacé de lui fracasser la tête contre un mur si elle résistait. On la traînait dans la nuit, tout était perdu et elle allait mourir…

Ils arrivèrent devant le garage que leur avait indiqué Prem. Un très vieux truand taciturne, aux longues moustaches blanches et armé d'une antiquité de fusil de chasse, gardait cet entrepôt. Il les fit rentrer aussitôt, comme s'il les attendait. Le vieux leur montra où ils pouvaient dormir et se barricada dans son réduit sans poser aucune question.

Ils étaient dans un hangar de bois et de tôle ondulée qui abritait visiblement toute sorte de trafics, haschich népalais et œuvres d'art religieuses. Des voitures japonaises y étaient maquillées, ou aménagées pour le transport de la drogue. On y trouvait des rangées de statues de bois peint, sciées à la base, des outils pour la mécanique, un palan… Et dans un coin, derrière un rideau crasseux, il y avait un lit de corde.

Sur lequel Abdul jeta la Déesse avec un soupir de satisfaction.

— Mission accomplie ! Maintenant… prévenir Prem.

— Il est tard… souffla Rajindra.

— T'es pas si bête que t'en as l'air, le débile, apprécia Abdul.

Rajindra dévorait des yeux Drivni. La bave aux lèvres, il bégaya :

— Il faut… garder cette fille…

— Nous pourrions nous amuser un peu avec elle, c'est ça ?

Le cerveau primitif de Rajindra lui faisait considérer tout à fait naturel de violer un butin razzié à l'ennemi.

— M. Prem serait d'accord, à ton avis ? demanda Abdul.

Rajindra n'avait pas d'opinion. Incapable de concevoir autre chose que l'instant présent, il ne pouvait que céder à ses instincts immédiats. Pour les conséquences, il y avait Abdul.

— Remarque… avec les projets que le patron a pour elle… dit ce dernier, il n'y aurait peut-être pas de problème…

Drivni, elle, n'était pas surprise.

C'était le même cauchemar qui continuait. Ces deux-là allaient la prendre, comme tous les hommes depuis qu'elle était sortie de sa vallée. Moins elle leur résisterait, plus vite elle en serait débarrassée.

Rajindra approcha sa grosse tête et, dans un pitoyable simulacre d'amour, voulu l'embrasser. Il était jeune et pas vilain garçon. Mais il bavait de désir. Et d'un coup ses yeux devinrent globuleux.

Sans s'opposer ni l'encourager, la Déesse se laissa aller, indifférente. Rajindra la tripotait en gloussant stupidement. Il rentrait ses mains sous son jogging noir et pétrissait ses seins.

Drivni l'arrêta et se déshabilla. En deux mouvements, elle enleva tee-shirt et jogging. Ainsi ce semi débile lubrique n'aurait pas besoin de déchirer ses vêtements.

La beauté du corps nu de Drivni perturba Rajindra qui se mit à pousser des grognements inarticulés de bête.

— Elle n'a pas de poil, remarqua-t-il en ricanant, étonné.

Le visage congestionné, il défit son pantalon et baissa son slip. Son sexe était épais, tendu, énorme... Puis il s'allongea sur elle, l'écrasant de tout son poids et lui soufflant une haleine fétide de dent carriée au visage.

Son membre dur tâtonnait sans trouver l'entrée. Rajindra était maladroit et de plus en plus nerveux. Drivni dû l'aider de la main avant qu'il ne devienne violent.

Cette semaine de cavalcades échevelées commençait à la rendre experte. Elle sentit la grosse matraque la pénétrer jusqu'au fond d'elle-même. Et partir immédiatement dans des saccades rapides d'animal en rut.

Rajindra la bourrait, la pilonnait systématiquement, à coups de reins puissants, réguliers et dépourvus de la moindre fioriture. Avec cette technique frustre, il allait atteindre la jouissance en une minute. Deux au maximum.

Et en effet, son rythme de piston fou s'accéléra encore, et il se mit à râler, à japper comme un chien avant de pousser un cri aigu de fille.

— A toi, souffla-t-il à Abdul.

— Je ne vais pas passer après toi comme ça... dit Abdul.

Et il retourna la Déesse, comme un coussin, un tas de chiffons...

CHAPITRE XIII

— Quelle photo !… ne put s'empêcher de murmurer Boris. Jamais rien vu de plus beau…

Là-bas au loin, très loin, une crête s'illuminait, puis une autre, puis vingt autres, puis cent… Et toute la montagne peu à peu. Tout ce qui pouvait être visible de l'Himalaya dans l'encadrement de la fenêtre de sa chambre à l'hôtel *Oberoï*. Le « Toit du Monde » se réveillant avec le soleil. Fabuleux. Planétaire.

« Hélas, nous ne sommes pas venus ici pour un trekking »… pensa-t-il.

Le spectacle ne dura que quelques minutes. Les nuages reprirent le dessus après une lutte inégale et les montagnes disparurent, insoupçonnables comme la plupart du temps.

Dans le dos de son amant, Sushila commençait à s'étirer…

Boris serra les dents pour résister à la tentation de ce corps sublime et, deux minutes plus tard, il sortit téléphoner. Après quelques essais infructueux, il avait vite compris que l'efficacité du standard de l'hôtel était loin de valoir – sauf pour le coût des communications ! – le simple combiné de la boutique du coin de la rue…

Quand il rentra, Aimé intrigué lui demanda :

— Tu as fait quoi ?

— J'ai appelé Baba, il nous faxe illico la fiche interpol de Prem.

Aimé tiqua :

— Et les « accréditations » auprès de la police locale, tu y as pensé ?

— Tu me pends pour une andouille ? sourit Boris.

Dans le taxi qui les amenait au *Headquarter* de la police de Katmandou, Boris s'interrogeait tout haut :

— Badolini m'a demandé de contacter un certain lieutenant Mutu... Qui va-t-on rencontrer à ton avis ? un corrompu de première comme le sieur Hari de la *Foreign Branch*, ou un allié, efficace et discret à la Nok ?

— Nous n'allons pas tarder à le savoir, lui répondit Aimé.

Le bureau de Mutu était vieillot comme toute l'administration népalaise. On sentait l'extrême manque de moyen dans ce décor pauvre, sombre et sale. Mais, notèrent Aimé et Boris, moins de dossiers poussiéreux et de piles de papiers en attente qu'en Inde, et une radio moderne pour communiquer avec les provinces...

Mutu était un flic d'une quarantaine d'années à l'air vif et intelligent. Une certaine raideur dans la démarche et le port de la tête semblait indiquer une formation militaire. Il les reçut d'ailleurs en uniforme kaki, large short, chemisette portant les insignes de son grade et casquette façon police militaire britannique. Il parlait un excellent anglais international, simple et lent, dépourvu d'accent fabriqué.

— Mes supérieurs m'ont prévenu ce matin, je dois mettre à votre service les moyens de ma brigade, leur dit-il. Je suis un Gurkha, et j'ai combattu aux Falklands, précisa-t-il.

Boris voyait : les Gurkhas, ces fameux guerriers

népalais qui, enrôlés par les Anglais, firent fuir à toute jambes les Allemands à Monte Cassino. Aux Malouines, quand les Gurkas avaient poussé leur fameux cri de guerre [1], toute l'armée argentine s'était débandé. Les Gurkhas n'avaient eu aucune perte. Leur réputation était telle qu'ils n'avaient même plus besoin de combattre...

— Je suis flatté de serrer la main d'un Gurkha, dit Boris.

Mutu, l'ancien soldat de sa Majesté, lui accorda un vigoureux *shake-hand* à l'occidentale, bien qu'en principe au Népal on joigne ses deux mains, paume contre paume, pour signifier la même chose.

— Vous soupçonnez donc M. Ram Prem d'être impliqué dans le meurtre d'un de vos nationaux, il y a quelques jours...

— Exact. De plus, mon collègue ici présent et moi-même pouvons témoigner l'avoir vu frapper à mort une Indienne.

— Ces faits se sont déroulés à Bombay, si j'ai bien compris, et relèvent de la police de cette ville. En l'absence de demande officielle d'extradition le concernant et émanant du gouvernement indien, vous comprendrez que nous ne pouvons agir. M. Prem est une personnalité respectée en Inde...

— Evidemment, répondit Boris. Mais nous savons que ce Prem se trouve actuellement au Népal. Si vous devez mettre à notre disposition votre brigade, je vous demande de le localiser et d'exercer une surveillance sur lui, ainsi que sur deux autres citoyens indiens dont voici l'identité...

Boris lui produisit les renseignements fournis par Nok. Mutu décrocha l'unique téléphone de son bureau

1. *Ayo Gurkhali !*

et se mit à parler en népali avec le rythme infernal d'une mitrailleuse. Quand il reprit en anglais, il souriait et avait oublié son ton officiel des premières minutes :

— Prem et ces individus ont en effet été enregistrés à Katmandou-Tribhuvan hier… Ainsi donc, vous voulez faire tomber ce vieux truand de Prem ? Eh bien, sachez que je marche avec vous à fond ! Vous pouvez compter sur moi. Même si je dois y laisser ma carrière de flic…

— Donc vous avez des tuyaux… demanda Boris.

— Oui ! Prem a acheté en sous-main une maison à Katmandou. Il est en cheville avec une Népalaise, une ancienne prostituée, du nom de Munni.

— Nous pourrions aller jeter un coup d'œil sur place ? demanda Aimé.

— Je vais vous emmener dans la Jeep de patrouille, proposa Mutu. Mais si vous voulez une perquisition en bonne et due forme, il faut la faire aujourd'hui… Parce que demain c'est la fête de l'Indrayatra.

— Une perquisition ? Non, ce ne serait pas habile, l'arrêta Boris. Qu'avons-nous à reprocher officiellement à Prem, et puis pour trouver quoi ? Il vaut mieux attendre qu'il commette une erreur. C'est un homme aux abois…

— Alors mes inspecteurs se relayeront devant sa maison. Mais je dois vous prévenir que demain c'est *Dasain*, le jour de la fête de l'Indrayatra. Mes inspecteurs travailleront bien sûr mais tout sera fermé, administration, banques, postes, ambassades, commerces… Et la circulation sera très perturbée.

Sushila l'avait expliqué à Boris et Aimé : les jours de fête sont innombrables au Népal. Mélangeant joyeusement hindouisme et bouddhisme, les Népalais, de peur d'oublier un seul dieu, les honorent tous. Et ils paraissent adorer en même temps que détester ces jours fériés où toute vie « quotidienne » s'arrête.

— Il y a autre chose que je dois vous dire, reprit Boris. Pour une raison mystérieuse, Ram Prem est à la poursuite d'une Népalaise de dix-sept ans, Drivni Chain, qui fut Kumari royale... C'est même probablement la raison de son voyage à Katmandou.

Le lieutenant de police népalais fronça les sourcils et attrapa un bloc-notes.

— Dix-sept ans vous dites... marmonna-t-il en notant les informations que venait de lui transmettre Boris. Je vais en parler autour de moi. Bon, messieurs, poursuivit-il, si vous voulez bien m'accorder quelques instants, le temps d'endosser mes vêtements civils, et je vous emmène sur place.

Devant l'air étonné des deux policiers français, il crut bon d'ajouter :

— Je n'aime pas trop affronter les rues de la ville en tenue officielle. Ici on respecte davantage les signes distinctifs de mon appartenance gurkha que l'uniforme de la police...

— Au fait, cette fête demain, on célèbre quoi ? demanda Aimé.

— Bien sûr, vous ne savez pas, excusez-moi. C'est la fête la plus importante de l'année chez nous...

Il était magnifique, Mutu en « civil », un fin turban surplombé d'une toque sur la tête, une sorte d'ample toge sur un pantalon étroit de laine blanche écrue.

— Je n'ai pas besoin d'autre arme, dit-il en tapotant son *kakri* qui pendait à sa ceinture. Deux couteaux népalais entrecroisés sont d'ailleurs l'emblème des Gurkhas...

Ils montèrent dans une Jeep, une authentique Willis,

carrossée en fourgon bleu marine... Décidément c'était un pays-musée pour les véhicules.

Le repaire népalais de Prem était une maison de brique rouge dans le quartier de Narayanchaur. Fenêtres obscures aux barreaux de bois sculptés, mur d'enceinte...

— Il y a une cour, et même un jardin intérieur garni de roses, fit remarquer Mutu. C'est une belle maison.

Un gros chien aboya à la grille dès que les policiers ralentirent.

— Inutile d'attirer l'attention de Prem, recommanda Boris. Disposez votre inspecteur en planque et partons.

— L'homme est déjà sur place, dit Mutu. Regardez c'est lui. Il est parfait hein ?

L'inspecteur était déguisé en *sadhou*... Il était étonnant avec son énorme chignon sur la tête, torse nu sous ses colliers et ses cendres, la taille ceinte d'un simple voile orange, barbu et le front barré de larges traits blancs rituels. Quand la Jeep passa devant le faux mendiant, il fit un très discret signe de reconnaissance.

— Quand il revient de ses planques il cuisine une grosse ratatouille avec les offrandes qu'il a reçues... dit Mutu en riant.

Sur le chemin du retour, une foule s'affairait près du *stupa* [1] de Svayambunath, sur lequel sont peints les deux yeux célèbres qui symbolisent Katmandou pour le reste du monde.

Des hommes de la rue et des adolescents népalais style « rappeur », la casquette à l'envers et une mèche teinte en rouge, moulaient des statues de cire orange représentant Vishnou muni de tous ses bras, Shiva et son trident, Ganesh l'éléphant, Hanuman le singe...

1. Monument en forme de dôme, élevé sur les reliques de religieux éminents.

— Oui c'est vrai, la religion ici est vivante, populaire comme elle devait l'être au Moyen Âge chez nous, remarqua Aimé.

— La fête va être énorme… Tu ne sens pas comme l'atmosphère devient déjà fiévreuse, électrique… dit Boris en humant l'air.

Un coup de tonnerre rebondit en échos profonds dans la vallée.

— Tu es sûr que ce n'est pas tout simplement l'orage de ce soir que tu sens venir ? lui demanda Aimé en riant.

*

* *

Prem se coiffa de sa casquette et chaussa ses lunettes noires. Il enfila aussi des gants. Puis, il jeta un paquet de viande bourrée de strychnine par-dessus un mur.

Trente minutes plus tard, Ram Prem enjambait ce mur et pénétrait dans le fief de Birla.

— Qui est-ce ? C'est toi Ashita ? … demanda une voix âgée en entendant la porte grincer.

— C'est le diable, répondit Prem, contemplant le vieux souteneur sous sa moustiquaire qui s'extirpait péniblement de son lit.

Birla, parrain local de la mafia de la prostitution, n'était protégé que par sa réputation et un chien. Il avait fait courir le bruit de sa retraite et croyait que personne ne pouvait lui en vouloir.

Prem ne s'était embarrassé d'aucune arme. Bruyantes, difficiles à se procurer en Inde, compromettantes et permettant des analyses balistiques, il détestait les armes à feu. Il préférait les rayons de vélo, les couteaux ou autres armes blanches des *slum*.

Mais dans le cas présent il n'en avait nul besoin.

Prem se précipita vers Birla qui fourrageait fébrilement dans sa table de nuit incrustée de marqueteries tibétaines.

— Mais c'est toi Ram ! Que fais-tu ici ? s'écria le vieux souteneur qui s'empêtrait dans sa moustiquaire.

Prem shoota du pied dans la table de nuit et un Lüger Parabellum tomba sur le carrelage. Il s'en empara, ôta le cran et appliqua le canon sur la tête du vieillard.

— Je suis venu chercher la soi-disant vierge que tu m'as vendue, hurla-t-il.

— Je n'ai pas revu la Déesse depuis que je te l'ai envoyée à Bombay, rétorqua Birla. Tu l'as perdue, c'est ça ?

La voix de Birla était ferme, agressive. Qui aurait pu supposer cette énergie dans ce corps desséché, voûté, cette face de hibou à barbe blanche... Prem sentit qu'il devait reprendre le dessus.

— Ici, c'est moi qui pose les questions, siffla-t-il en l'attrapant par le col. Où est-elle ?

— *Atcha baba ! atchae...* dit Birla. Cette fille t'appartient, tu l'as payée. Calme-toi, je vais alerter mes gens, elle reviendra certainement dans son village, elles font toutes ça... Dès que nous l'aurons capturée, je te la rendrai, évidemment...

— Assez de traîtrise de maquereau ! Où est-elle ?

Une lueur de panique traversa le regard de Birla quand il comprit que Prem ne cherchait pas que la fille. Les enjeux étaient plus graves et Birla ne maîtrisait rien. Ses promesses ni même la logique n'avaient plus aucune prise sur son interlocuteur. Et puis Birla se reprit :

— Tire, je suis prêt et ma réincarnation sera bonne, déclara-t-il, détaché, déjà loin.

Et il se mit à parler d'une voix faible, chevrotante, comme pour lui même :

— Je te plains, Prem, les forces de Kali sont en toi… Mais mon enveloppe charnelle est usée…

Hors de lui, Prem le frappa longtemps. Avec la crosse du Lüger, il lui cassa les dents. Avec la canne de Birla, il le flagella à toute force…

Fragile, sa peau translucide éclatée, marbrée, Birla savait qu'il ne résisterait pas longtemps. A demi inconscient, il ne faisait que répéter, bafouiller à travers la bouillie sanglante de sa bouche :

— Je ne suis qu'un vieil homme… qui va mourir.

Lorsque, enfin, il finit par s'évanouir, Prem, à bout de souffle, conclut qu'il ne savait rien. Aucun hareng au monde n'aurait pu endurer une telle violence pour garder une pute, même à cent mille roupies.

Alors il l'étrangla.

CHAPITRE XIV

Ashita se souvint subitement que Birla lui avait fait acheter de la poudre rouge en prévision de l'Indrayata et, dans sa figure triangulaire ridée comme une vieille figue, les fentes de ses yeux s'arrondirent d'inquiétude. Oui, Birla se réjouissait de lancer sa poudre rouge comme un gamin et de récolter ainsi encore cent ans de vie heureuse. Birla avait dû oublier de se réveiller, il allait être en colère…

Ashita était la servante du vieux Birla.

Outre la cuisine et les courses, tous les jours elle nettoyait le sol de ciment rouge à grande eau additionnée d'un insecticide particulièrement odoriférant. Elle travaillait aussi le jardin, Birla adorait ses roses… Ashita était l'ancienne tenancière d'un bordel pour Sherpas de Namche-Bazar, sur la route de l'*Everest Base Camp*, qui avait été qualifié par le *Guinness des Records* de « Bordel le plus haut du monde » (c'était aussi un des plus économiques de la planète mais il fallait être Sherpa pour y pénétrer…).

Approximativement âgée d'une cinquantaine d'années (mais qui s'en souvenait ?) et bouddhiste très pieuse, Ashita s'était rendue la veille à Svayambunath préparer la fête. A son retour, il était déjà vingt-deux heures.

Fort tard pour elle. Ashita tombait de fatigue.

Elle s'était étonnée de ne pas voir Birla dans le

salon, à fumer son beedis du soir, mais elle avait pensé qu'il était allé se coucher tôt. Ou alors qu'il était sorti. Après tout, la vie du vieux proxénète n'était pas si régulière. Et il n'avait pris qu'une demi-retraite, comme il se plaisait à le répéter.

Ce matin c'était la fête de l'Indrayata.

Dès six heures et demie, une bruyante procession d'enfants et de jeunes gens, chargés de réveiller les dieux, remonta Kanti Path, non loin de la maison de Birla.

Des moines soufflaient dans de longues trompes, frappaient des cymbales ou des tambours à deux faces et des adolescents portaient des flambeaux, superflus dans la lumière du matin.

Sur leur passage, les habitants du quartier leur jetaient des poignées de poudre rouge. Rapidement, l'atmosphère ne fut plus qu'un impénétrable nuage de poudre rouge-sang dans lequel se débattaient et riaient les musiciens, les moines et les dévots dont la plupart étaient déjà ivres morts.

Encore à moitié endormie, Ashita sortit devant le portail afin d'être prête à jeter de la poudre rouge elle aussi. Elle était inquiète que Birla ne soit pas réveillé. Quelque chose clochait…

Il était tôt et Birla ne se levait pas toujours à ces heures matinales. Pourtant, le vieil homme superstitieux ne ratait jamais ces réjouissances porte-bonheur.

« Décidément, il n'a pas dû dormir-là, se dit-elle, le vieux bouc découche encore… »

Dans la rue, la tornade rouge de la procession approchait, les cornes faisaient vibrer l'air de longs mugissements et les cymbales résonnaient de plus en plus fort, bientôt les premiers musiciens allaient arriver à la hauteur de la maison…

Ashita rentra en courant à l'intérieur et, avec déférence, frappa à la porte de la chambre de Birla, l'appela :

— Baba, baba ! C'est l'Indrayata qui commence, réveillez-vous !

Devant l'absence de réponse, elle osa tourner le loquet.

C'était une vision d'Apocalypse.

La moustiquaire et le lit étaient plus maculés de traînées rougeâtres que les alentours de la procession qui s'approchait. Le cadavre de Birla était à moitié dressé sur son lit, les deux bras tendus devant lui comme s'il avait voulu embrasser quelqu'un. Il était raide mort. Les yeux grand ouverts, avec sur son visage parcheminé, tordu, une expression d'épouvante, un rictus d'horreur…

Ashita s'enfuit en hurlant dans la rue, au moment où à l'extérieur le vacarme des percussions atteignait son paroxysme. Elle fut instantanément couverte de poudre rouge et ses cris se perdirent dans la foule électrisée.

*

* *

Dans le hall de l'*Oberoï*, le majordome arrêta Sushila, Aimé et Boris et tint à les mettre en garde, très inquiet :

— Vous devriez rester à l'hôtel aujourd'hui… Si vous voulez absolument sortir, n'appelez surtout pas de taxi… Et évitez de porter des valeurs sur vous…

Lui-même avait l'air de redouter particulièrement une attaque d'un commando de gosses « entartreurs » à poudre rouge…

— L'Indrayata est une revanche sociale, expliqua Sushila, les pauvres ont le droit de bombarder les notables. Les étrangers, forcément fortunés, représentent des cibles de choix.

La ville entière semblait s'être éveillée en sursaut à grands coups de cymbales et cornes géantes, et dans le fracas de gros tambours au son profond de basse.

Aimé et Boris virent un immense dragon brillant, rouge et or, se dandiner dans l'avenue Tahachal. Des adolescents bondissants y déambulaient en hurlant, tombant les uns sur les autres, pliés de rire au sens propre. Des musiciens surexcités et des prêtres fendaient la foule qui les bombardait de poignées de poudre.

Il faisait une magnifique journée. Une brume de beau temps masquait encore les sommets trop éloignés mais il n'y avait plus un seul gros nuage noir et orageux.

— L'Indrayata célèbre aussi la fin de la mousson, dit Sushila.

Le trio s'engagea dans l'avenue qui menait à Durbar Square…

Au début il ne se passa rien.

Instinctivement, ils se resserraient les uns contre les autres.

Boris marchait en tête. Il avait l'impression de progresser dans une ville hostile, épié par des *snipers*. Sans qu'il en soit conscient, il se mit à marcher comme un félin, les genoux légèrement fléchis, attentif aux toits, et des réflexes d'entraînement au combat de rue lui revenaient.

Le sol était maculé de poudre rouge mais, au début, personne n'osa les attaquer. Leurs habits étaient encore intacts. Pour l'occasion, Sushila s'était prudemment contentée d'un simple jean et d'une chemise à manches longues. Boris était en blouson et pantalon de toile, très standard. Quant à Aimé, il avait bien sûr endossé son costume style « Old England » qui bâillait déjà terriblement aux coudes.

Mais enfin, leurs vêtements avaient encore leur couleur d'origine… A peine si une bombe de papier plié, jetée d'un toit, s'était écrasée au pied d'Aimé, éclaboussant son pantalon…

Sur la place de Durbar Square, l'arrivée de ces trois étrangers provoqua un rugissement de joie…

Boris eut le temps d'observer, à l'autre bout de la place, ce qui semblait être les silhouettes d'un groupe de cameramen professionnels. Des Occidentaux apparemment, mais ce n'était pas certain car ils étaient enduits de la tête aux pieds d'une véritable croûte rouge. Les malheureux essayaient d'épousseter leur matériel vidéo…

Et ce fut leur tour.

Sushila, Boris et Aimé focalisèrent l'attention des jeunes lanceurs de « grenades » à poudre. Stoïques, ils se protégeaient les yeux mais ne pouvaient éviter la poudre colorée dans le cou, dans les cheveux, les chaussures… Leur champ de vision entier devint rouge et ils toussaient, éternuaient, suffoquaient…

— Nous voici enfin comme tout le monde, remarqua Boris.

— Ce doit être l'humour népalais… dit Aimé, écarlate.

Cette fois-ci, c'en était bien fini de son costume chic.

Tout à coup, une clameur formidable retentit. Sur la grande place, deux monumentaux chariots de procession s'avançaient, surchargés de statues en cire orange. Les chariots étaient précédés de deux fanfares de moines, habillés de pourpre et de jaune, qui jouaient à plein poumon.

— Il y a le chariot de la ville haute et celui de la ville basse, leur expliqua Sushila.

Les chars se rangèrent devant le temple d'Hanuman. Ils étaient si hauts qu'ils frôlaient le deuxième étage des maisons. Ils furent d'abord présentés officiellement aux dieux à grands coups de trompe. Puis, de longues cordes furent fixées aux chariots, deux à l'avant et deux à l'arrière. Des rangées de Népalais les saisirent et, au signal d'un grand prêtre, se mirent à tirer dessus de toute leur force dans des directions opposées.

C'était un peu comme le jeu de la corde, dans un camping de plage, mais en gigantesque.

Les citoyens de la ville haute l'emportèrent dans un premier temps sur les deux fronts, les chariots roulèrent de leur côté et leurs supporters commencèrent de pousser des cris de triomphe. Mais ceux de la ville basse, encouragés par la foule, se ressaisirent et reconquirent le terrain perdu avant que la situation ne s'inverse encore. Ça tournait à l'hystérie collective. Plusieurs malheureux tombèrent par terre, piétinées...

La compétition durait, épreuve de force à peu près égale en dépit des efforts acharnés des tireurs de chaque camp. Les chariots gagnaient du terrain d'un côté pour le reperdre aussitôt et aucune des deux équipes ne parvenait à l'emporter définitivement.

C'est alors que volèrent les premières briques...

Cailloux, boulons... les deux villes en venaient aux projectiles pour se départager, en riant aux éclats...

— Partons, ordonna Boris qui ne voulait pas de risques inutiles, de toute façon nous devions rencontrer Mutu à cette heure-ci.

— Ah vous voilà ! s'écria le policier népalais en voyant apparaître trois silhouettes poussiéreuses à la porte de son bureau. Je vois que les bombardements de poudre rouge ne vous ont pas épargnés, remarqua-t-il.

— Nous nous y attendions, répondit Boris.

— Peut-être du nouveau dans l'affaire qui vous intéresse, reprit Mutu. Ce matin, on a retrouvé assassiné un homme connu pour être un gros proxénète. Ce qui est extraordinaire c'est qu'un témoin s'est présenté spontanément, un voisin qui dit avoir vu quelqu'un avec une casquette écossaise et des lunettes de soleil enjamber le mur de la victime. J'ai immédiatement fait le rapport avec le signalement que vous m'aviez donné de Prem.

— A Bombay il portait des lunettes et une casquette, oui… Mais un seul témoin égale souvent zéro témoin, objecta Boris. Et puis, avant d'espérer le confondre grâce à ce témoignage, faut-il encore mettre la main sur lui…

— De ce côté-là, je dois reconnaître que les résultats sont décevants. Mon *sadhou* en planque devant la maison de Munni ne l'a vu ni entrer ni sortir. Ah, j'ai aussi diffusé un avis de recherche, pour cette ancienne déesse dont vous m'avez parlé, Drivni Chain. Aucun écho. Si Prem est à ses trousses, il y a des raisons d'être inquiet pour elle.

*

* *

La Déesse était en effet en mauvaise posture.

Attachée les bras en croix aux quatre montants d'un *charpoy*, nue et les yeux rouges, gonflés d'avoir trop pleurés, elle croyait devenir folle de désespoir. Toutes illusions envolées, elle n'aspirait plus qu'à une chose : mourir.

Abdul et Rajindra avaient été saisis à sa vue d'une frénésie érotique. Il faut dire que Rajindra était pratiquement puceau et Abdul frustré par une vie conjugale morne et sans passion. Ils l'avaient prise à tour de rôle et de toutes les façons possibles. Et puis ils s'étaient endormis.

Dans la matinée, Rajindra partit enfin, en courant, prévenir Prem de la réussite de leur mission. Mais Prem n'était plus chez Munni et Rajindra était revenu très dépité.

— Le patron sait où nous sommes, l'important est de garder la fille, avait décidé Abdul. Je m'en charge pendant que tu pars à sa recherche…

Mais Prem, hébété par son crime, errait dans la ville depuis plusieurs heures, contaminé peu à peu par l'ambiance de folie de la préparation de la fête. Il semblait avoir perdu toute notion du temps, toute logique aussi par rapport à l'urgence de la situation. Plus tard, au cours de la longue occasion de méditation qui lui sera offerte, Prem se demandera souvent comment il avait pu réagir ainsi.

Déambulant au hasard dans les ruelles, il observait des enfants des écoles, filles et garçons, qui s'activaient à tresser des colliers de fleurs orange, des castes de musiciens qui répétaient au coin des rues, des moines qui dansaient et agitaient des clochettes, tous déjà exaltés par la fête.

Prem se sentait si loin de ces gens simples et honnêtes. Il y avait longtemps qu'il ne croyait plus à l'hindouisme de son enfance. Il avait toujours utilisé la ferveur religieuse indienne comme autant de superstition à son profit. Et aujourd'hui il aurait tant voulu être comme ces Népalais, renaître innocent, pur…

Mais il était trop tard. Il venait de tuer un vieillard dans des conditions atroces et se faisait horreur.

Prem passa la soirée à chanter, à psalmodier des

mantras et à boire des litres de bière d'orge en compagnie de jeunes moines, près des lieux de crémation, dans un petit sanctuaire le long de la rivière Vishnumali…

Il songeait à tout laisser tomber, se retirer pour une retraite éternelle dans un monastère, très haut, là où il n'y a plus d'arbres, plus de village, plus de yak [1]… Il dégusterait de la *tsampa,* cette redoutable bouillie de farine d'orge et de thé au beurre rance et, le restant de sa vie, n'aurait plus rien d'autre à faire que contempler le ciel bleu foncé et les étoiles de la haute altitude.

Plus tard, dans la nuit, Prem pleura.

Oui il pleura, s'apitoyant sur lui même, avec les fous de dieu ivres morts qui l'entraînaient dans une remise en question de ce qui avait orienté toute sa vie, la réussite matériel, les magouilles, l'individualisme, le pouvoir…

Les moines étaient très accueillants. Ils consumaient un cadavre et riaient aux éclats de cette besogne.

Epuisé par la fatigue nerveuse, Prem finit par s'assoupir dans l'odeur âcre de la crémation d'un corps humain.

Quand il reprit conscience, il était seul, son cuir chevelu le démangeait et le souvenir de la bière locale aux effluves de vomi lui soulevait le cœur.

Il faisait à peine jour et le ciel était mauve.

La fête commençait. Au loin, une procession de percussions traversait la passerelle sur la rivière Vishnumali. Les pétarades résonnaient sur l'eau et lui parvenaient à contre-temps.

Prem se frotta les yeux en se demandant ce qui avait pu lui arriver. Brusquement il reprit contact avec la réalité. Sa réalité.

---

1. Bovidé ruminant à long pelage vivant jusqu'à cinq mille mètres d'altitude et utilisé comme animal de bât.

Il se leva, se secoua et se mit en route vers le garage où, en principe, il allait trouver la Déesse sous la garde d'Abdul et Rajindra. Du moins voulait-il le croire…

Pourquoi n'y était-il pas allé hier soir ?

Il lui fallait traverser Katmandou de part en part, et, aujourd'hui, c'était un exploit. Et pas question d'appeler un taxi : afin de porter chance aux véhicules, il était de coutume, le premier jour de l'Indrayata, de les asperger du sang des sacrifices. Tous les taxis attendaient donc leur tour d'être bénis du sang des buffles, près de la place où allait avoir lieu le carnage…

Des tribus entières descendues des montagnes encombraient le passage et de nombreuses avenues étaient coupés par des escouades de brigades policières. Comparés à leurs homologues CRS français, ils paraissaient fluets sous leur casque à grille, mais il ne fallait pas se fier à leur gabarit modeste.

Prem se mêla à un groupe de réfugiés tibétains qui se faufilait lentement dans la cohue quand une rumeur parcourut l'assistance : la Kumari, la Kumari !

Un petit homme à lunettes rondes attendait sur les marches du palais royal néo baroque. Entouré de sa cour d'officiers et de grands prêtres, il portait une lourde cape d'hermine sur un invraisemblable costume rouge brodé de soie et rehaussé de plumes de faisan de l'Himalaya, un des emblèmes du royaume. Il avait un sabre d'apparat au côté, une triple couronne d'or incrusté de diamants sur la tête et il était chaussé de hautes bottes noirs à éperons. C'était le roi de droit divin, Bihendra, considéré comme une réincarnation de Vishnou. Ce qui ne l'empêchait pas d'être diplômé de Harvard et d'avoir fait toutes ses études aux Etats-Unis.

A ses côtés se tenait la reine, elle aussi couronnée et revêtue de sa longue robe de sacre, d'un fastueux encore plus époustouflant. Cette petite Népalaise menue paraissait fléchir sous le poids des brillants et colliers de pierres précieuses dont elle était bardée.

Pendant ce temps, Sushila, Aimé et Boris, maculés de poudre rouge, marchaient sur New Road, les Champs Elysées de Katmandou, au milieu de groupes d'hommes titubant sur la terre battue des trottoirs et crachant de longs jets rouges de bétel [1], qui colorait dents et gencives, leur donnant une apparence effrayante.

Le trio vit le palanquin doré de la Kumari se dandiner sur la foule, porté par mille mains jusque devant le palais royal. Puis Durga, réincarnée en petite fille, balbutia quelques mots dans un mégaphone, d'un ton enfantin, et la foule applaudit longuement. La Kumari royale venait de confirmer le règne de Bihendra pour un an. Le monarque absolu brandit son sceptre et articula à son tour quelques phrases dans le mégaphone.

— Il jure de régner pour le bien de toutes les ethnies et la grandeur du Népal uni, traduisit Sushila.

Maintenant, les sacrifices pouvaient commencer…

Sur Durbar Square, à cinq cents mètres du palais royal, un groupe de Népalais baraqués, les sacrificateurs, attendaient le signal, leur *kukri* affûté à la main…

Un grand prêtre ordonna un semblant de silence et offrit à Durga l'offrande des animaux rassemblés. Le premier petit buffle fut pratiquement porté par la foule…

1. Mélange masticatoire à base de feuilles de bétel, de chaux et de noix d'arec.

Sushila, Aimé et Boris virent un homme se recueillir un instant, les mains jointes, puis prendre son élan, lever son lourd poignard et avec un han ! de bûcheron l'abattre de toutes ses forces sur l'encolure de l'animal. Le buffle s'arrêta net de meugler, ses cordes vocales privées de l'air qui les faisait vibrer. Il exhala une fine brume rouge et ses pattes avant se plièrent. Mais l'homme dut s'y reprendre à deux fois pour parvenir à lui trancher la tête.

Puis l'homme décapita un coq dont le sang jaillit par saccades du cou. Autour de lui, les grands prêtres s'affairaient, essayant de recueillir le maximum du liquide sacré dans des petites bassines d'argent.

D'autres buffles furent amenés, tirés par leur anneau dans le nez, devant les sacrificateurs. Certains animaux grondaient, meuglaient et mugissaient à fendre l'âme, ruaient et se bloquaient et les assistants devaient leur briser une patte à coup de massue. Sous les coups des *kukri*, les ruminants vidaient leur vessie et leurs entrailles, soufflaient une écume sanglante par leurs naseaux noirs.

A chaque animal sacrifié, la foule poussait des hourras. Bientôt, la place entière fut inondée d'un bain de sang. Les moines en aspergeaient des voitures, des machines à coudre ou des instruments aratoires, charrues, pioches... et même un tracteur Ford flambant neuf.

Soudain, la vue perçante de Boris combinée à une mémoire visuelle exceptionnelle isola un visage au milieu de centaines de milliers d'autres.

Ce profil, ce port de tête...

Boris se dissimula le plus vite qu'il put et glissa à Aimé :

— Prem ! Il est là, à midi droit devant nous, ne le regarde pas surtout, il ne nous a pas vus.

Sushila s'approcha et demanda pourquoi les deux flics français s'accroupissaient ainsi sur le sol.

— Ram Prem est là, à quelques mètres de nous, lui expliqua Boris. C'est une chance extraordinaire !

Devant eux, les buffles sacrifiés étaient traînés sur des bûchers de branchages que des prêtres allumaient et une odeur de poil grillé se répandit sur la grande place, chassant celle du sang. Le cuir fendillé des buffles se boursoufla sous les flammes et les bouchers de la ville découpaient des beefsteaks à moitié crus d'une viande dure mais très énergétique. Qu'ils distribuaient ensuite à la foule des bouddhistes et des hindouistes qui au Népal ne sont pas tous végétariens, loin de là.

— Prem ne me connaît pas, proposa immédiatement Sushila, je vais le rejoindre et vous me suivrez à distance, le plus loin possible, ce sera plus discret.

— OK, lui dit Boris après un instant d'hésitation. Mais sois prudente et, à la moindre alerte, tu fais demi-tour.

« Finalement, songeait-il, en regardant la jeune femme se faufiler devant lui, cette poudre rouge n'a pas que des inconvénients ». Au moins passaient-ils ainsi pratiquement inaperçus. A condition toutefois pour lui de marcher les genoux pliés afin de ne pas dépasser la foule d'une bonne tête !

Ram Prem s'attarda encore quelques instants dans la cohue, à regarder les ultimes sacrifices de volatiles et l'ouverture de l'énorme barbecue populaire. Puis, tout à coup, comme s'il s'était souvenu d'un rendez-vous urgent, il se dégagea et se dirigea vers Ganga Path à grandes enjambées. Il prit ensuite à droite sur Dharma Path.

La foule se clairsemait à mesure que Prem s'éloignait de Durbar Square. Il devenait difficile de le suivre de près sans se faire remarquer et, sans la collaboration de Sushila, nul doute que l'Indien eût détecté la filature au premier coup d'œil derrière lui.

Car, comme tous les paranoïaques, il se retournait souvent…

Finalement, Boris arrêta un *rickshaw*, maculé de sang séché mais qui avait repris du service, et demanda au pédaleur de refermer la capote. Puis, avec force gestes et les quelques bribes d'anglais que le Népalais comprenait, il lui expliqua qu'il devait suivre à pied, en poussant son engin, la touriste indienne qui marchait à quelques mètres devant eux.

L'homme prit un air entendu. Il avait pigé. Sûr d'avoir affaire à deux étrangers en goguette. Lui-même titubait et parut content de ne pas avoir à pédaler après les litres de bière qu'il venait d'ingurgiter.

Boris et Aimé s'installèrent dans le pousse-pousse, à l'abri de la capote, et la filature reprit.

Ils arrivaient dans la banlieue sud de Katmandou quand, soudain, à un coin de rue, Prem disparut.

Lorsqu'elle constata qu'il s'était volatilisé, Sushila eut un réflexe de professionnelle : elle continua de marcher normalement jusqu'au carrefour suivant et attendit le *rickshaw* d'Aimé et Boris.

— Il n'a pu rentrer que là, leur dit-elle en désignant une porte.

— Monte ! lui ordonna Boris. Toi et Aimé vous allez chercher Mutu et la police. Moi je planque ici en vous attendant.

*

* *

Dans le garage, Abdul était rongé par une angoisse viscérale.

Pourquoi Prem les avait-il abandonnés ? Que faire de la fille, la tuer, la libérer ? Sa peur inhibait sa libido et il se contentait de lui caresser de temps à autre les seins. Elle se laissait faire, soumise, son poignet gauche attaché à la ceinture d'Abdul par une longue cordelette. Ainsi, il n'avait plus à la nourrir à la petite cuillère comme lorsqu'elle était immobilisée sur le lit. Abdul s'était aussi résolu à lui laisser remettre son pantalon de jogging noir.

De temps en temps, Rajindra revenait. Bredouille. Il racontait que Prem était introuvable, que les Népalais préparaient l'Indrayata et que l'événement promettait d'être énorme. Abdul le renvoyait à la recherche de Prem.

La deuxième nuit, trois pilleurs de temple passèrent déposer leur butin. Profitant du désordre de la fête, ils avaient volé un grand Bouddha et un Shiva dansant. Une commande d'une galerie de Los Angeles connue. Les statues de bronze patiné allaient voyager en suivant les circuits bien balisés de la drogue.

Au petit matin, en même temps qu'explosaient les premières manifestations de l'Indrayata, Rajindra était reparti sillonner la ville.

En vain, apparemment puisqu'il n'était toujours pas rentré, laissant Abdul de plus en plus rongé par l'angoisse de l'attente.

Il était presque midi quand, enfin, la porte s'ouvrit sur la lourde silhouette de Ram Prem.

— Ah, vous avez la Déesse, bravo ! s'exclama ce dernier.

— Nous l'avons récupérée depuis un moment déjà, dit Abdul, en se gardant bien de préciser depuis quand exactement ils détenaient Drivni.

— Et Rajindra ? demanda Prem.

— Parti à votre recherche, nous étions très inquiets pour vous.

— Des affaires à régler… dit Prem évasif. Et il y a une fête colossale dehors, ils sont fous ces Népalais… Ils ont décapité des petits buffles par centaines, vraiment des sauvages, des primitifs, on ne voit pas des horreurs pareilles en Inde…

Abdul éclata de rire ; la seule idée d'imaginer des sacrifices de buffles à Bombay, devant les gratte-ciel, le mettait en joie.

Prem tourna les yeux vers Drivni qui se mit à trembler. Enfin elle était devant lui, à sa merci…

Sans le savoir, cette ex-déesse recelait un pouvoir quasi magique qui signifiait sa ruine. Peut être, quand il l'aurait tuée, retrouverait-il sa « baraka », sa chance insolente, son destin exceptionnel…

Mais avant il voulait savoir ce que Drivni avait vu exactement, à Bombay, dans la suite 412 du *Taj Mahal Hotel*.

— Tu me reconnais ? lui demanda-t-il.

Drivni frissonnait et claquait des dents, comme transie de froid.

— Oui, parvint-elle à articuler

Elle était allongée sur le lit et sentait sa peur monter, l'envahir peu à peu, jusqu'au paroxysme de la panique.

— Comment je m'appelle ? demanda Prem d'une voix trop douce.

— Monsieur Ram Prem.

— Et quand m'as-tu rencontré la première fois ?

— A Bombay, c'est vous qui m'avez présenté à l'étranger.

— Et après, que s'est-il passé ?

— L'étranger m'a défloré.

— Oui. Et ensuite ?

— Je… me suis endormie.

Drivni savait qu'elle ne devait pas dire la vérité, que

sa vie en dépendait. Mais elle ne parvenait pas à être convaincante.

— Ah oui ! hurla Prem, tu dormais ! Et pourquoi tu t'es sauvée dans la rue en courant ?

— Je... j'avais peur.

— Et pourquoi tu avais peur, qu'est-ce que tu avais vu ? Réponds !

— Je ne sais pas... J'avais peur d'Utam. Il était trop grand...

— Tu l'as prise, n'est-ce pas ? interrogea l'Indien en se tournant vers Abdul.

— C'est Rajindra qui a commencé, dit lâchement ce dernier.

— Alors je ne la prendrai pas moi-même. Va me chercher un *kukri*, je vais décapiter cette maudite garce comme ils sacrifient leurs buffles...

*

* *

Excédés de piétiner dans la cohue des vélos et des charrettes, Sushila et Aimé abandonnèrent le *rickshaw* en lui jetant une poignée de roupies népalaises et tentèrent de se faufiler à pied.

Au *Police Headquarter*, Mutu n'était pas là.

Le poste de police n'était plus occupé que par des sentinelles abruties de bière et un officier qui ne baragouinait que quelques mots d'anglais. Ce dernier parvint tout juste à leur expliquer que Mutu était parti à Durbar Square, pour essayer de contenir les débordements de la cohue lors de l'abattage du mât géant, un rituel qui se terminait en général en scènes d'hystérie collective.

En hâte, Sushila et Aimé griffonnèrent un mot sur le bureau de Mutu et repartirent à toute vitesse vers Durbar Square.

La longue procédure d'édification du mât sacré se terminait... Le gigantesque poteau était couvert de drapeaux blancs portant des inscriptions à l'encre de Chine.

Une risée fit claquer les oriflammes et la foule rugit de plaisir. Ses prières et louanges étaient transmises aux dieux et déesses, qui habitent les sommets des montagnes, que ces fous d'Occidentaux veulent toujours affronter...

Ensuite, un vieux brahmane s'avança et, le premier, frappa le mât d'un modeste coup de son *kukri* incrusté de turquoises.

Ce fut le signal de la ruée.

La foule des notables se précipita, le poignard levé, comme des guerriers pour charger, rugissants, hallucinés. Tous voulaient donner au moins un coup de leur *kukri* à la base du mât et, par vagues successives, s'en approchaient en hurlant le cri de guerre personnel de leur famille. Ils n'étaient pas agressifs les uns contre les autres mais la densité de toutes ces armes, était telle que les blessures, souvent mortelles compte tenu de la rage des participants, étaient fréquentes.

Tandis que certains frappaient le tronc à tour de bras, d'autres Népalais tiraient sur une longue corde reliée au sommet du mât.

Avec l'intention de le faire choir...

A la base, la circonférence s'amincissait à vue d'œil sous les assauts forcenés de centaines de *kukri*...

C'est alors qu'intervint Mutu avec ses hommes et le renfort des brigades policières.

— Le voici enfin ! cria Aimé qui entraîna Sushila par la main de peur de la perdre dans la bousculade fantastique qui les écrasait.

Les brigades se déployèrent en un cordon qui repoussa la foule à coups de matraque, dégageant un couloir, tandis que d'autres prenaient de force le contrôle de la grande corde et tiraient, de manière régulière en prenant garde de s'éloigner du point d'impact prévisible.

Vaincu par la corde, l'immense poteau se rompit lentement, avec un immense craquement. Une hystérie collective s'empara de la foule pendant la chute. Le mât rebondit par terre en soulevant des nuages de poussière rouge.

Aimé, tirant Sushila, parvint enfin à attirer l'attention de Mutu qui se fraya un passage jusqu'à eux.

— Nous avons besoin de vous de toute urgence ! lui cria Aimé par dessus le tumulte.

Mais Mutu avait l'esprit encore occupé par l'opération qu'il venait de commander.

— Afin d'éviter la catastrophe de l'année précédente, cria-t-il dans l'oreille d'Aimé, nous avions répété cette manœuvre avec les forces royales anti-émeutes. Je suis content que leur patriotisme l'ait emporté sur leur religiosité… Que disiez-vous ?

— Nous avons localisé Prem ! Il faut intervenir. Mon collègue Boris est en planque devant un entrepôt de la périphérie sud et nous attend.

— Je rassemble les hommes qui veulent encore me suivre…

*

* *

Resté seul, Boris fit d'abord discrètement le tour du bâtiment pour s'assurer que l'arrière ne comportait pas de sortie. Puis, scrutant les alentours son attention fut attirée par un buisson, dans le terrain vague de l'autre côté de la rue, derrière lequel il pensa pouvoir se dissimuler. Il franchit la clôture pour y jeter un œil et, à sa grande surprise, découvrit une sortie de tuyau d'égout.

Le tout-à-l'égout était à Katmandou un dispositif ultramoderne dont ne bénéficiait pas cette banlieue sud. On était dans la zone « industrielle » de la ville : petites entreprises de tourneurs-fraiseurs, carrossiers de camions, récupération de métaux, manufactures d'allumettes et bougies…

Ecartant des branchages, Boris pénétra à quatre pattes dans l'ouverture. Il s'aperçut que le boyau passait sous la rue et semblait s'orienter en direction du garage. Il s'agissait d'une large buse en ciment dans lequel un homme pouvait progresser accroupi…

Allumant son Zippo, Boris s'engagea à l'intérieur.

A l'autre bout, le tuyau débouchait sur une porte épaisse en bois qui, selon toute vraisemblance, était celle de la cave du garage. Les utilisateurs de ce lieu s'étaient aménagés un souterrain d'évacuation discrète en cas de siège.

Ce qui en disait long sur les activités auxquelles ils se livraient…

Boris pensa d'abord condamner leur sortie de secours. Il lui aurait fallu du matériel qu'il n'avait pas le temps de chercher ; en outre son tempérament de flic surentraîné le poussait plutôt à l'offensive et, puisqu'il avait en face de lui une porte fermée, autant trouver le moyen de l'ouvrir pour repérer les lieux avant l'arrivée de Mutu.

Elle était fermée à clef mais avec une serrure moyenâgeuse.

Tordant à quatre-vingt-dix degrés la petite clef du Neiman de sa Honda CB 350 – la moto qui l'attendait à dix mille kilomètres de là – il parvint à crocheter le mécanisme grossier.

Ce premier obstacle sauté, il n'hésita pas longtemps. Bon, il n'avait évidemment pas de commission rogatoire internationale…

Boris entra et referma soigneusement la porte derrière lui.

Il eut l'impression de pénétrer dans une caverne d'Ali-Baba. La cave était tapissée de rangées de statues sciées à la base. Des dieux grimaçants et des déesses effrayantes, des dragons et des idoles étranges…

Un escalier de bois, très raide, permettait d'accéder au rez-de-chaussée, fermé par une autre porte. Boris allait s'engager dans cet escalier quand il perçu, au plafond, un bruit de pas qui se rapprochait rapidement et il n'eut que le temps de bondir derrière un grand Bouddha de bronze.

La porte d'accès à la cave s'ouvrit et un homme descendit l'escalier. Boris reconnu un des porte-flingues de Prem, celui que les fiches de Nok désignaient comme : « *Abdul,* street-pusher [1], *condamné à deux ans pour trafic de drogue, effectue un an à la Centrale de Tahar, déterminé à ne pas retourner en prison. Très dangereux et intelligent, probablement armé.* »

Abdul frôla Boris, s'empara d'un *kukri* suspendu dans son fourreau à un clou, remonta l'escalier et claqua la porte.

Boris gravit à son tour la rampe raide, presque une échelle de meunier, et colla son oreille contre la porte.

Deux hommes criaient dans une langue incompréhensible et un hurlement indicible, suraigu, insoutenable de jeune fille en détresse implora : « *Hoina, hoina !* » [2]

Boris pigea que les renforts arriveraient trop tard pour quelqu'un.

Il se ramassa sur lui-même et se jeta de toutes ses forces, de tout son poids, contre le battant de bois.

1. Vendeur de drogue dans la rue.
2. Non, non!

Mais il dût s'y reprendre à deux fois. Dans l'escalier raide, il n'avait pas de recul pour prendre un élan irrésistible. Déséquilibré par son effort, Boris tomba à l'intérieur quand la porte craqua enfin.

Abdul tenait une jeune Népalaise par les cheveux. Elle était à quatre pattes et l'autre homme – Prem en personne – avait déjà levé son *kukri* pour lui sectionner les vertèbres cervicales…

L'irruption fracassante de Boris interrompit son geste à l'ultime fraction de seconde et une stupéfaction intense se lut sur le visage de l'Indien.

— Police ! Que personne ne bouge ! ordonna Boris encore par terre, brandissant… le trousseau de clef de sa Honda en essayant de se composer une mine terrible.

A la vue de sa bête noire, son obsession, le flic étranger qui l'avait humilié à Bombay, Prem eut un spasme de rage. Ce justicier isolé qui surgissait de nulle part pour la seconde fois allait regretter son audace. Et toute l'angoisse qu'il avait provoqué. Prem allait l'éradiquer de la surface de la terre.

Changeant d'objectif, il leva plus haut encore son poignard, brailla un cri d'ours réveillé dans son hibernation et chargea.

Boris n'eut pas le temps de penser.

Sa survie tint à ses réflexes de judoka, qui sait utiliser la force de l'adversaire. Il se laissa retomber au sol et Prem vola par-dessus lui.

Mais au passage Prem balança son *kukri* pour tuer.

D'extrême justesse, la puissante lame courbée ne fit qu'entamer le cuir chevelu de Boris avant de se planter dans la porte. Prem rugit devant cet acte manqué et saisit le manche du *kukri*, tentant de le décoincer.

A terre, les regards des deux hommes se croisèrent. En un éclair, Boris vit défiler dans les yeux du tueur

Jacques Maillet, l'Indienne de Bombay, Birla... Il perçut distinctement la folie meurtrière qui s'était emparé du financier génial, de l'ancien ministre... Qui, ayant renoncé à son lourd couteau, prenait son élan pour lui assener un coup du lapin définitif de ses deux poings réunis.

Mais Abdul, lui aussi, avait reconnu le flic français. C'était une question de vie ou de mort pour lui. On ne le mettrait plus en cage. Il se rua sur Boris par derrière et réussit à lui loger un magistral coup de pied en pleine nuque.

Boris Corentin bascula dans un trou noir...

A cet instant, le vieux gardien du garage jaillit de sa tanière, son fusil de chasse à la main et, le regard extatique, aboya :

— *Hands up, everybody!* [1]

Son intervention intempestive laissa à Boris les quelques poignées de minutes qui lui étaient nécessaires pour récupérer et lui sauver la mise.

Imaginant sans mal la boucherie causée par une grêle de chevrotine de chasse à courte distance, chacun se figea et leva sagement les bras au-dessus de la tête.

Sonné par l'assaut d'Abdul, Boris s'entendit se mettre à parler, en anglais, comme le vieux mafieux qui les braquait tous :

— Vous êtes en état d'arrestation, la maison est cernée, vous n'avez aucune chance, nous tiendrons compte de votre attitude...

Prem hurla :

— C'est un flic, imbécile ! Il est seul, tue-le, tire bon sang, tire ! C'est notre dernière chance à tous !

Le vieux se tordait la bouche, ne sachant que faire, ses moustaches blanches tremblaient d'indécision. La

---

1. Les mains en l'air, tout le monde !

situation dura ainsi d'interminables secondes. Et la tension montait...

Brusquement, la Déesse paniquée se jeta sur la porte restée entrebâillée après l'entrée en force de Boris. Au moment où sa main se crispait sur la poignée, d'un seul coup, la porte vola à nouveau en éclat, violemment rejetée en arrière au point de sortir définitivement de ses gonds. D'un bond de côté, la Déesse parvint à éviter le choc et comprit aussitôt que toute tentative de fuite était désormais impossible.

La route était barrée.

Aimé Brichot et Mutu surgirent. En tête d'une troupe d'hommes disparate, certains en civil, et d'autres en uniforme des brigades anti-émeute, qui envahirent l'espace, braquant leurs armes tous azimuts. Le vieux truand lâcha son fusil de chasse en tremblant...

— Tu es touché, Boris ? demanda Aimé, soudain affolé.

Boris se passa la main sur le crâne et la ramena écarlate.

— Ah oui... Ça ne doit pas être grand-chose, je ne sens rien.

— Fais voir... On dirait que Prem t'a rasé gratis, dit Aimé. De très très près... il était moins une, dis donc ! Il était temps qu'on arrive...

— Bof, la routine... fit Boris souriant, en passant le dos de sa main sur son front pour arrêter un filet de sang qui allait lui couler dans l'œil.

Ni Prem ni Abdul n'opposèrent vraiment de résistance ; tout au plus le premier protesta énormément de son honorabilité, vociféra et jura qu'on allait entendre parler de lui... Pendant ce temps, la Déesse était rassurée par Mutu qui lui répétait que son cauchemar était désormais terminé. Définitivement...

La dernière péripétie, plus distrayante celle-là, fut le débarquement inopiné de Rajindra qui mit de longues secondes à comprendre le retournement de situation. Il tenta alors de s'enfuir mais fut rapidement cueilli par les hommes de Mutu, après une course poursuite dans les rues adjacentes.

— Quelle journée... souffla Boris en se tamponnant le front d'un mouchoir prêté par Sushila très maternante. Je suis content que tout se termine en même temps que la fin de l'Indrayata...

— Vous plaisantez je pense ? s'écria Mutu. L'Indrayata dure encore *dix jours*... Nous sommes en Orient ici, les fêtes durent des semaines...

Devant leur tête, Mutu partit d'un grand rire et précisa :

— Rassurez-vous, les jours suivants sont beaucoup moins spectaculaires. La population retourne au travail et il n'y a que des processions le soir et certains matins...

— Ah bon... Vous m'avez fait une de ces peurs, soupira Boris avec un sourire en coin.

CHAPITRE XV

Le mot de Cambronne gicla, haut et fort, clair et net, bref sorti du plus profond du cœur…

… Et Aimé Brichot sidéré contempla Boris comme un extraterrestre, ou un yéti, qui se serait coulé dans la peau de sa flèche en plein hall d'aéroport à Katmandou.

— Qu'est-ce qui t'arrive, balbutia-t-il quand Boris eut raccroché, c'est grave ?

Boris le fusilla du regard :

— Je veux ! Baba s'est laissé piqué ma moto de collection. Le coup de l'acide chlorhydrique, à la seringue dans la serrure de l'antivol, paraît-il, et juste devant ses fenêtres !

— On va faire quoi maintenant ? demanda Aimé sur un ton discret.

Boris fonça direct vers le comptoir de la Royal Air Nepal :

— S'il vous plaît, mademoiselle, je suis policier et j'ai un fax à passer d'urgence.

— Mais… répliqua timidement la jolie Népalaise assise de l'autre côté du comptoir. C'est que nous sommes une compagnie d'Etat et…

Boris se pencha et lui sourit à la faire rougir.

Derrière lui Aimé se mit à hocher de la tête :

— Et le voilà reparti, le coup du charme…

Et ça marchait. Du tonnerre : la fille s'empressait même, cherchait du papier pour écrire, un stylo, rameutait une collègue ; Boris enjambait le comptoir, entrait dans le bureau derrière, comme chez lui.

Cinq minutes plus tard, Aimé toussota :

— Si je peux me permettre, tu es allé faire quoi dans le bureau ? T'envoyer la brunette ?

Boris éclata de rire en lui tendant une feuille :

— Mais non, vieille branche. Je suis allé passer un fax à Baba. Tiens, lis.

Boris prit par l'épaule son vieux complice de toujours et lui glissa dans l'oreille :

— Monsieur le divisionnaire nous a fait le coup de l'ordre de mission en « petit un, petit deux, petit trois, petit quatre, etc, » quand il nous a envoyé ici, tu t'en souviens ? Eh bien, je viens de lui rendre la monnaie de sa pièce. Après tout, il ne l'a pas volé !

*
* *

Au 36 quai des Orfèvres, à Paris, monsieur le commissaire divisionnaire Charles Badolini, dit Baba pour les intimes, se concentra sur le fax que sa secrétaire venait de lui apporter dans son bureau, meublé Empire, du Mobilier National, avec vue imprenable sur la Seine et la place Saint-Michel.

Et un sourire béat lui défronça toute la figure :

— Sacré Boris, murmura-t-il, il ne changera donc jamais, et pourvu d'ailleurs qu'on n'essaye pas de me le changer…

Puis il reprit sa lecture.

Qui était celle-ci :

1 – Me moque comme de l'an quarante de cette moto neuve, « sur dotation de la gendarmerie natio-

nale », que vous voudriez m'offrir en remplacement de la mienne.

2 – Vous prie de m'excuser de vous demander pardon de vous proposer le pari suivant, et sur l'honneur :

a – Vous me faites piquer chez le premier garagiste venu, répertorié par vos services comme traficoteur, une Honda 350 exactement semblable à celle de l'annonce du numéro de Moto Revue *(Rabert ou Tardet vous le montrera, je leur ai prêté la veille de mon départ pour Bombay), et je vous offre un magnum de Dom Pérignon.*

b – Vous n'y parvenez pas. Et c'est vous qui m'offrez DOUZE magnums du même champagne.

Avec mes plus respectueuses salutations.

Boris Corentin.

Il y eut un important échange de télécopies et coups de téléphone entre Paris, Katmandou, Bombay, New Delhi et New York.

Au terme des premiers éléments de l'enquête, il apparut que le Ministre du commerce extérieur indien – celui-là même qui avait fait Sciences-Po avec Maillet – touchait, par l'intermédiaire de Prem, d'énormes pots-de-vin des Japonais afin de favoriser l'achat de leur turbo train de préférence au TGV. Le fax qui, par erreur, était arrivé dans la suite de Jacques Maillet au *Taj Mahal Hotel* était l'annonce d'un versement, établissant avec certitude la corruption.

Cette révélation entraîna la fin de la carrière de ce ministre, la déconfiture de la mission commerciale japonaise à New Delhi et, quelques jours plus tard, le choix définitif du TGV français.

Boris envoya un mandat télégraphique de cinquante mille roupies indiennes à Bombay, à l'adresse de Nok.

Cette somme représentait six ans de son salaire. Le mandat comportait une place pour un message et Boris écrivit : « Rien n'aurait été possible sans vous, merci pour tout. »

Drivni Chain put témoigner devant plusieurs juges.

Le cas de Ram Prem fit la une de tous les journaux et magazines en Inde. Comme celui de l'ex-déesse dans la presse népalaise, avec son portrait en première page sous le titre « La miraculée de l'Indrayata ».

Les assassins de Jacques Maillet (promu Officier de la Légion d'honneur à titre posthume), étaient tous sous les verrous. Utam en Inde, Prem au Népal, où il n'avait nulle « relation » à faire jouer.

En récompense de leurs bons et loyaux services, et à titre « exceptionnellement exceptionnel », le ministère du Commerce extérieur se paya le luxe d'offrir à l'inspecteur divisionnaire Boris Corentin et son fidèle inspecteur principal Aimé Brichot quinze jours de trekking.

Sushila fit le plaisir à Boris de les accompagner.

Ils louèrent donc du matériel de montagne, engagèrent des sherpas et obtinrent – en quelques minutes par Mutu – un *climbing permit* pour le trekking Solu Khumbu.

Sur le chemin de l'Everest. On était fin septembre et la saison commençait…

*

* *

L'Australien qui avait recueilli la Déesse à Bombay, John Hood, lui *revenait* de trekking… Hors saison, il avait vécu la « balade » dans les pires conditions : pluie, grêle, brouillard, nuage… En fait, il n'avait vu que le bout de ses lourdes chaussures durant dix jours d'enfer.

Le soir, harassé dans les refuges enfumés, il contemplait une grosse bague en argent, montée d'une turquoise, que lui avait donnée une toute jeune fille rencontrée un matin à Bombay.

Drivni... Il se rappelait avec émotion de son corps et de sa candeur, de la liberté qu'il avait ressenti avec elle...

Frustré, épuisé et les pieds déchiquetés d'ampoules ouvertes, John Hood avait fini par faire demi-tour et revenir à Katmandou.

Le portrait de la fille de ses pensées était dans toute la presse.

Reine du jour.

Cette coïncidence extraordinaire le bouleversa. Il voulut y voir un signe du destin et partit à sa recherche. Il se rendit au siège d'un des journaux qui publiait la photo de sa dulcinée. Il se rendit si convaincant que le directeur de la publication lui apprit alors que la petite Chain se remettait de ses émotions au *Sualtee Oberoï*.

— Deux policiers français lui ont loué une chambre pour un mois, avant qu'elle ne rejoigne sa vallée et...

John Hood ne l'écoutait plus, il courait déjà vers l'*Oberoï*.

Drivni avait beaucoup souffert.

Bien sûr elle était redevenue une héroïne nationale, bien sûr elle faisait de nouveau la une de tous les journaux comme lorsqu'elle était Déesse, vivante réincarnation de Durga. Pourtant elle restait meurtrie dans sa chair et le souvenir de toutes les violences subies la hantait jour après jour.

Dans toute cette noirceur, toutefois, surgissait une image, une belle image, de plus en plus floue mais à laquelle elle s'accrochait désespérément.

Celle d'un immense surfeur blond…

Quand Drivni vit John Hood s'avancer vers elle dans le hall de l'*Obéroï*, beau comme un dieu, elle crut à une apparition, une vision céleste.

Il lui sembla qu'il s'approchait d'elle, souriant – on aurait dit un ange avec ses cheveux longs flottants dans le vent –, comme dans un ralenti de cinéma, comme dans ses rêves…

Ils se jetèrent dans les bras l'un de l'autre.

Et ils n'en pouvaient plus de s'étreindre.

— Alors, bredouilla Drivni dans un sanglot de bonheur cette fois, tu m'emmènes ?…

L'Australien la souleva à bout de bras :

— Si tu le veux bien, mon amour !

Achevé d'imprimer en août 1997
sur les presses de l'Imprimerie Bussière
à Saint-Amand (Cher)

VAUVENARGUES - 14, rue Léonce Reynaud - 75116 Paris
Tél. : 01-40-70-95-57

— N° d'imp. 1651 —
Dépôt légal : septembre 1997

Imprimé en France